伝田幸子歌集

SUNAGOYA SHOBO

現代短歌文庫

砂子屋書房

『蔵草子』（全篇）

歌論・エッセイ

解説

伝田幸子歌集

『蔵草子』（全篇）

朱欒

満月の滑り込みしか大いなる朱欒（ザボン）は今宵光を放つ

カーステレオ低く鳴りゐる五月の森明るすぎれば五月が怖い

海のなき信濃に長く住みをれどバケツ持ち海を買ひには行かず

銀河系宇宙に休み時間なし今日よりわれは前期高齢者

青空のもと育まれ木苺はおのづから知る傷つくことも

夕焼けて立ちゐる鶴の嘴の寒ければ「カウ」と鳴きたつるべし

謙譲語に疲れてうしろ振り向けば入り日に映ゆる見返りの塔

父の帆は若くして折れかなしみのしみのあたりのみが残れり

湿りもつ洋傘

いつせいに芽吹き初めたる若草の個性は日ごと異なりてゆく

梅林の百花の匂ふ昼さがり春の鏡のうすにごりゐる

白薔薇はいち早く萎え紅薔薇は執着しつつ命を繋ぐ

今日ひとひ音声菩薩(おんじやうぼさつ)にまみえ来ぬ春の潮のたゆたひ豊か

寒冷紗かけられさみどり保ちゐる山葵田を穂高の湧水流る

隣家(となりや)の夫婦離別し空き家なる庭にぺんぺん草の群生

立ち上がれいざ鵲(かささぎ)よ目の前の濃霧しづかに晴れゆかむとす

咲き初めし梅林のかたへに立ち止まり雨なりし夜の記憶呼び出す

暮れさうで暮れない夏の黄昏が好きと言ふから一緒に歩む

夏の終りに見し馬の眼のやさしさとどこか
似てゐる半月にあふ

平らかな舗装路を避け木洩れ日のくねくね
道をひとり歩まむ

噴水の向かう側にも空ありて幼児（をさなご）やはらか
きてのひらかへす

真実はただひとつなり雨止みて湿りのこれ
る洋傘たたむ

言葉を捨てに

わたしわたしと競り合ひてゐるさま見つつ
鷽姫（うそひめ）新芽をつひばみてをり

長野駅前広場に立ちゐる如是姫（にょぜひめ）の掲げる左
掌に酸性雨

さみどりの野山に行かむ若き日に伝へそこ
ねし言葉を捨てに

立ち読みをする足元に暮れ色の木の葉ひっ
そり届きてゐたり

自在鉤を操るは祖母うすやきを煙れる中に焼いてくれにき

自らを数に入れざる祖母なりき孫なるわれらの声ののびやか

入り口と出口を教へくれし父その間（あひ）の迷路を探り歩み来

理由なく『悪徳の栄え』読みゐたる少女のわれはくぐもらざりき

天井より夢に降り来し紐一本何の暗示か懼（おそ）れ戦（をのの）く

人よりもやさしく時が流れゆく明るい雨に濡れて行くとき

「文覚（もんがく）」がいいね荻原碌山の記念館より若葉の電話

ずつと唇を震はせてゐる風知草　誰も静止をさせ得ざるなり

生への執着強き母かも永らへてしづかに石（いし）蕗（は）打つ雨音聴ける

わたくしに家族と呼び合ふひとのゐる以上でも以下でもない日常に

春の靉靆

枇杷剝かず枇杷の雰囲気好む母九十歳の初
夏のひととき

もう少し蕾のままでゐて欲しい少女も庭の
桃色チューリップも

鬼女紅葉（きじょもみぢ）伝説より名付けられし「紅葉狩（もみぢがり）」
とふ信濃の茶菓子

虚弱児と言はれてをりしわたくしは不思議
と生きて春にも会ひて

雑木木の高く伸びゐる丘めぐり辛夷の花の
白きを見上ぐ

フリージアのやさしさを言ひ日めくりを今
日も忘れずめくりゐる母

大小のカーブを描き春野ゆく手動式ドアー
の信濃鉄道

過ぎ来しを泡沫のごと掻き立つる日本海の
潮の遠鳴り

さみどりに楓若葉の芽吹くころ出会ひたる
ひと別れたるひと

面長なわが顔に似合ふとふ縁なしの春のめがねの薄曇りたる

昼に見しミモザの花が微睡(まどろみ)の中のわが髪飾りてくれる

活断層かかへつつ暮しゐる日なか声を限りに揚げ雲雀鳴く

吹雪くゆふべ信濃脱出図りしわれ二月二十五日茂吉命日

縁側の日溜りにお手玉する母の、おひとつ、おろして、さーらーりー

永遠に春の時間を持ちたくて「摘み草料理」食べにゆくなり

ものしづかに暮れてゆく春ふたたびを戦(いくさ)はあるな　地平は緑

蔵（私と母の生家の蔵が五十年ぶりに開けられた）

閉ざされゐし蔵の大錠開けられぬ髪逆立てて物の怪過(よぎ)る

五十年ぶりの蔵開け待ちゐしか首なし雛の衣裳に染みが

箱梯子のぼりし正面に糸繰り機、過去世の女人のふふみ声する

古文書を開きし刹那蔵内に沸き立つ匂ひシナモンの匂ひ

虫食ひとなりて果てたる顔なしの雛人形はあるひは霊媒（いたこ）

蔵前の木下に瓢簞梨二、三個がすつとんきやうに転がりてをり

いつ誰のかざしたる鼈甲簪（べつかふかんざし）かべつかふ色は浅黄に透けて

蔵にある四つの大き長持の黙深からむ持主亡くし

ひんやりと蔵の二階に鎮まれる鹿（か）の子絞りの虫食ひ着物

紙の雛ひらたく紐に括られて長持の中に横たはりをり

ましろなる蔵を従へ屹立す樹齢百年のめぐりの樹樹ら

「安政」に〈貞女を犯しぬ〉と記されし大祖父直筆の詫状出づる

能楽に興ぜしと言ふ大祖父の古き裃(かみしも)折り目の裂けて

一対の雛人形の眼に憑かれわれの暗部を一瞥(いちべつ)されぬ

蔵の窓開けたる刹那五十光年の明るさ入り来水脈ひくやうに

墨跡の「天保十四年建立」の人のおもかげに立ち入り難し

蔵の脇流るる水の澄み透りてのひら漬けて少年遊ぶ

蔵を見遣り葬送されたる棺いくつ　靡き止まざる白萩の群れ

蔵を出づ。大いなる蛾が目の前を過(よぎ)り忽ち真向かひて来ぬ

走らぬ牡牛

霜除けの銀の風車の回りゐる果樹園に春の息吹ただよふ

春雪に林檎の老い木潜まりて傾（なだ）れの畑にながき影曳く

玄関に子供の靴がころがつてゐない静かな家家つづく

スプリング・ポエムを発し白鳥は紺碧の空はばたきゆけり

強がらねば生きられざりし女、重信房子今を生きゐる

目にあまる数多の出来事見て来たる眼（まなこ）を春の真水に濯ぐ

春宵の風にまかせて人の言ふアラファトは或ひは「荒鳩」

老い人が日暮のぶらんこに揺られゐる　志村喬の「生きる」一コマ

右腕の荷物の重く左腕に委ねむとして薔薇に触れたり

ゆつたりと草を食めかし日の当たる牧場に今は走らぬ牡牛

晩秋のころ

フェミニズム遠く去りたり　赤蕎麦の花高原に真つ盛り

目覚しく風車押し来るこの秋に眼（まなこ）逸らさず立ち向かひ行く

秋天を斬りゆく二筋の飛行機雲テロは外つ国幻聴ならず

みすずかる信濃の秋の水掬ひ置き去りて来してのひら浮かぶ

見え難き心覗かむと踏み入りし蜻蛉の複眼、田井安曇の複眼

草陰の欠け徳利の口元に少し汚れて水溜りをり

首傾ぐ方向同じ母とわれの一卵性双生児と思へる写真

おしゃべりな歌集と無口なる歌集書棚に並び季節過ぎゆく

牧水の詠ひし秋草語りゐる小諸城址に秋は深まる

荒立てずことを処理せむ初秋（はつあき）の萩はしづかに風にしたがふ

老いし母季節わきまへそれぞれの花に寄り行き仄かに染まる

ほそぼそと生き継ぎて母身だしなみ欠かさず昨日　明日もありなむ

疲れやすき腎臓をわれは庇ひつつ秋海棠の粋（すい）に触れをり

くわつと開きし柘榴に夕日差し入りぬ　人の心に入りがたしも

草の実が弾け通草の実がはじけ耐へ難きなり晩秋のこゑ

語らざる葦

ぶつかりて河原に弾かれたりし石かたち崩さず存在保つ

小(ち)さき花小(ちひ)さく育てて明日もまたありのままなるストレートヘアー

秋闌(た)けて人の噂の届かぬ日　料金不足の封書の届く

朝日受け生れし卵か卓上に置かれ続けて後光の差せり

軽井沢の「沢」のあたりにゐし夕日走る「あさま」に追ひ越されたり

じゃんけんはいつも弱くて弱いゆゑ鬼が鬼呼び負け続けゐむ

夕焼けに包み込まれし街路樹が秋の終りの風にしたがふ

聞き飽きて見飽きてもまたその先の世界はきつとあるからあるから

「苦労した木だね」思はず言ひたれば椨(たぶのき)わづかにその葉そよがす

ラシックス二粒によりわが腎臓号泣せずに
生かされてゐる

ラシックス……利尿剤

旱魃を乗り越え乗り越え生きて来し花はい
つ死を感ずるのだらう

秋空に腕（かひな）かかぐる大欅眠りの前の深きしづ
もり

立ち惑ひ行き惑ふわが影法師ゆふべの光に
無残となるな

工事場の黄のヘルメット反射せり老い母の
言ふ「鉄カブトでせう」

生きて見し海さぞ暗くをののきの連続なり
けむ　吉村昭死す

幾万の兵の死見続け来し葦は戦（そよ）ぎを止（や）めず
つひに語らず

極月八日

どれほどの時間溜め来し山毛欅（ぶな）ならむ雨上
がりたる芽吹き明るし

旅の初日財布の一つをなくしたり目覚むる
ばかりの若葉に見とれ

いま見える今でしか見えない人の歌雨の夜
しきりに親しみの湧く

朝寒に化粧終へたるわれの手は滑(ぬめ)る鮮魚を
解体しゆく

工場のけむり渦巻きのぼりゆく渦巻くやう
にひとを恋する

熱帯魚こころに棲まはせをるならむ九十歳(きうじふ)
の母が水仙咲かす

縄跳びの大波小波われひとり昔のままの小(ち)
さき輪の中

ありふれたる朝ほど永遠(とは)を思ふなり師走や
はらかな雪が降りゐる

雲重く垂れ込めてゐるあのやうな日日が確
かにあつた　わたしに

こんもりと盛り上がれるは何の塚大砲に似
し一木(いちぼく)置かれ

紙ひかうき飛ばすを瞬時にためらひぬ深き
呼吸す極月八日

従軍徽章つけたる父を畏(おそ)れたり古き脚絆を
残して逝けり

赤銅色に点在したる冬の雲　犬死にをせし
数多にんげん

寡黙なる父に近づき難かりき軍帽に染む微
かな体臭

残されて多くを告ぐる軍隊手帳　父の直筆
をいまは眩しむ

押入れの隅に仕舞はれ染み残る父の遺品の
ひとつ虎の絵

橅よりも明るくそよぐ楓葉の若きみどりを
父は好みつ

武者返しの石垣残す小諸城址あたたかき春
の雨が尾を曳く

傾(かし)ぐ蔵

平成十六年十月二十日台風二十三号によ
り、生家の家屋が一部崩壊す

大量の土砂に家屋の襲はれぬ間口十二間の
わが生誕の家

土石流にぐんぐん押され蔵傾ぐ　建立後百
六十年秋の最中（もなか）を

水漬（みづ）きたる赤きりんごにゆつくりと明るき
秋の陽は届きゐる

柱折れ土砂流出す　綿入れを着てゐる伯父
の「どうにかなるさ」

一大事を明治の伯父の声太し萎えゐる親族（うから）
の心にひびく

家も人も立往生の秋の庭におしろい花は黙
つて咲いて

崩落斜面を覆ふシートに十月の雨は降りを
り冷たき雨が

土砂流出の家屋の傍らにうづくまり新品種
「名月」の林檎をかじる

崩壊に心を砕き泥濘の夜空に仰ぐ満天の星

夕暮の林檎畑はしづまれり落下のりんご拾
ひ上げ見る

百年を優に越えたる柱時計　蔵持つ家の柱
に煤く

樹に立ち寄る髪

みづうみに暗くしづもる帆船が北斗七星に吊り上げられぬ

秋風のやうに琴なり十月のこんな夕べはヴェルレーヌ来る

涼やかに髪が見上げてゐるものは大欅の落す一葉二葉

歩く髪、樹に立ち寄りておもふ髪、濃きさみしさに耐へてゐる髪

今日の髪きのふと異なり艶めける伽羅(きゃら)のかをりをすこし含みて

秋の髪長く靡かせ風に言ふなほしなやかに生きゆくべしと

老いの極み母はいづくに据ゑをらむあづま通りは篠懸(すずかけ)豊か

慎重に歩みし筈が行き暮れてすとんと落ちたり秋の暗がり

鶏卵の少し割れをりそのままの長き時間の孤は深むらむ

木苺のジャム

薔薇の木に薔薇の花咲く不思議なさ我がてのひらの大きなること

公園の砂場にあそぶ幼子は少し汚れることをよろこぶ

青年は月光の差すベンチに座しいづくの星と交信しゐる

秋海棠咲き初（そ）め今年も健やかな母なりいまも発光体なり

初秋の午睡の夢に丸髷の匂やかな母に抱かれゐるわれ

行く秋を木苺のジャム母は食み少し言葉が丁寧になる

鰯雲湧き出づる秋悔いらしきを残ししままに季節うつろふ

この辺で失ふもののおしまひとなるやう白蛾の月を仰ぎぬ

夕焼けに染まりゆくやうなわが髪か凜と孤塁を守りゆくべし

くちなは

夏薔薇を生き返らせむと氷の中に埋めてついと立ち上がる

くちなははさびしさうなり人気（ひとけ）なくゆふぐれてゆく霖雨のなかに

もう五分早ければ雨に濡れざりき五分といふ不思議な時間

無言電話は病む鶴ならむ六月の風が青葉を揺るがしゆけり

何といふ今朝の明るいかなしみかこの世に嬰児生れ出でたる

さざなみ電車

にはたづみ流れもあへず雨ののち自転車一台通り抜け行く

野茨の繁れる小花に近寄りて見えざる棘に傷められたり

真昼間をしづかに花粉の流れゐむ陽射し潜らせ喪服取り込む

置き去られし人生だなんて母言はず花の種子蒔くいつしんに蒔く

母はいま九十歳なり菫外線（きんぐわいせん）に疲弊せし体いたはりもせず

天日の淡きいちにち歌舞伎座に和服の母を伴ひて行く

小さなる母とわれとの曳く影の濃さは同じと歩み続ける

繊（ほそ）く佇つポプラ一樹に朝光（あさかげ）のやさしくとどく　まばたきをせり

夏半ば汗ばむ意思を載せて発つ小海線行くさざなみ電車

雨の岬

追ひ越されし時の思ひはポケットに手を入れ雨の岬を見入る

うたふことに切実なれば時として閃く旗も見逃し来たり

眠さうに裾を引き摺り咲く花を揺り起しつつ朝の水遣る

炎天にめげず蔓延(はびこ)る相撲取草に励まされをり痩身のわれ

若き日の無謀もありぬ人気(ひとけ)なき朝の鉄棒に雨滴の光る

椨(たぶのき)の重たき幹にゆふぐれの陽は届きをり労るやうに

野薊の咲き続きゐる草深野　眠らぬ螢は銀河を恋ひをり

行方不明となりたる歌を呼びもどし口ずさみをり雨となりし夜

疾風に舞ひ来し一葉のわくら葉を懇ろにわが歌集に納む

やはらかに語りかけくるラジオ深夜便ねむらないこゑ眠らぬわたし

嵯峨菊を今年も咲かせ癌に臥す伯母にもたらす生の裾分け

晩秋の雨に汚れる白菊は新人類のマニキュアの爪

孤独派の短歌よみをり文明も柊二、芳美も十字架背負ふ

「永遠のほんの一瞬」取り返しつくかつかぬか　ルネ・シャール

氾濫の夜明け

いづこかで誰かが笑ひ誰か泣く　今年の薔薇は花芽をもつか

黒鳥は醜くあらず嘴の朱を水面に鮮明にうつす

ひとり去りひとり入りきて差し引きはなけれど後の賑賑しさは

海風の心地よき春の海岸に拾ひし巻貝呪縛のかたち

はつなつを檻にライオン憩ひをり見えぬ刃
の何処かにあり

立ち上がるのか立ち上げるのかパソコンと
私のコンビ朝の挨拶

切替へをクリックせよとふパソコン画面に
虹の掛橋架けてしまひぬ

没却と忘却との違ひほどサンルームに日光（ひ）
の差す日差さぬ日

しなやかに裏切られゐむ日日を逆白波の立
つをいぶかる

下り坂こそ心せむなど思ひつつ仄か月差す
夜の泥濘を

川の流れ今はゆるやか　氾濫の夜明けを思
ひ眼をつむる

夏の日に見し白塗りの鳥籠に今もそのまま
鳥不在なり

ふはふはベーコン

ゆふがほの刺身を食めば夕顔のだらりだらりが簾の向かう

目玉焼にふはふはベーコンのせて食む　雲があんなに膨れふくれて

画素数の少なきデジカメ写真のやう鏡の中の寝起きの我が顔

打ち水に暑さが少し和らげりおしろい花は目覚め初めたり

水中を泳ぐ速さに巻き戻し即日返すレンタルビデオ

恃みなる棹流されしごとき昼　雷鳴にパソコン電源の落つ

雑菌はダメと新湯（さらゆ）に嬰児を入れる息子よ如何になりしか

戦ひは熾烈であれと子は言ひて「たなぼた庵」に蕎麦食みにゆく

今日の森たち

小松菜の茹で上げられし新鮮さ高原を風わたり行く見ゆ

馬蹄形の竹笊の上（へ）に盛られ来し蕎麦がわづかな水滴垂らす

薬味にはねずみ大根の辛口を　亡き父よりの確かな伝承

夏椿の散り際見てゐる老い母の心揺らぎの伝はりて来ぬ

帰りゆく塒に水の明るさはあるのか翼を持てる鳥たち

真実の素肌にかへるゆふぐれに紫外線カットの眼鏡をはずす

息子らはわれの肺葉　それぞれの色纏ひつつ雄雄しく生きゐる

ふりふりの白いブラウス風に揺れ百合の花粉の暴力にあふ

頑なこころ放てよ大空に明日より若い今日の森たち

さやさやさや

秋の日の恵比寿ガーデンプレイスにいと美しき流離のありて

若き水のうねりのやうに咲くカンナ無様に咲いてゐるからいいの

語り得ぬ部分持つゆゑ人も我も雨の降るさま見つめて長く

源泉はやさしきいのち　水脈（みを）分かれ水脈分かれして長き歳月

神を売りに来たる子連れが秋海棠の素朴に咲くをいつまでも誉め

過疎地、過疎地と河鹿蛙のこゑすなり　葉擦れの音のさやさやさや

白馬堂

日常がこんなに静か　硝子戸に洗濯物の影うつりゐる

早春の同じ土壌に植ゑられて芽吹きたる木
と芽吹かざる木と

温かき光溢るる春なのに引き籠りゐる観葉
植物

宥め難き齢と誰が言ひにけん還暦にシルク
のスカーフ届く

あくせくと職場に在りし日のことがすーと
抜けてサラダをつくる

世紀越えて健在なりし帽子店「白馬堂」に
日差し明るし

五月雨の明るさバスに運び来しか少年の髪
少し雫す

リニューアルなしたるこころ早春の木の芽
の香り吸ひ込みをらむ

白カーディガン静かに肩に掛けくれき葛原
妙子は真紅の薔薇（さうび）

夏木立生ひ繁りゐし樹の間（あひ）をそよげり妙子
の白い腕（かひな）が

どのやうに渡りて来しや鬼やんま夕暮近く
葦にとどまる

厳寒を裸にされし心地せりビル崩れゆき黒煙の渦

草陰に堅香子いちりん楚楚と咲く楚楚と生きゐる一生もあり

日本海に沈む夕日を見逃せり未練といふはこころの重み

人の振舞、山の移ろひ、こんなにもゆつくり時間が過ぎてをりしか

夏草の群れゐる中に入り行きて心を解（ほど）くばらんばらん

踏みしだく草草の名を知らぬまま草津峠を越えて来にけり

このビルがこれほど白く高かりしか見上ぐることなく過ぎて来たりき

感応式信号機待ち遠望む春もみぢなす信濃の山並

杏子

熟れ杏子（あんず）ぽとりと落ちて転がれり時かけ育みきたる生なり

水辺（すいへん）の月に見とれて来しならむグリーンピースを撮（つま）み出す子は

カップゼリーを口にする者　渚よりさざなみの尾を曳きつつ来たり

ポロシャツのイニシャルの鰐の赤き口　戦ひ逃れ潮風に触る

大いなる緑の葡萄つぶれしか混み合ふ日暮のバスに匂へり

薔薇の香のする病室に母はゐて日がな酸素吸入つづく

とつぷりと暮れ行かぬうちせつなさの来ぬうち歩み始めむとする

明るすぎる五月に母は病み上がり背（せな）にやさしく夕日のとどく

野生馬のやうに

今年咲きし斑入りのチューリップを翳らせて牡丹の華麗は心を起(た)たす

野生馬のやうに駆け来て立ち止る眼をしづかに草原に向け

草原のみどりに触れし夏帽子　とほい時間に労(いたは)られゐる

はつなつの峰に雪置く戸隠山(とがくし)を眺めゐるとき嘆きは沈む

藍色のワイングラスの巡りより聞えくるなり海鳴りの音

ポンポン蒸気

しづまりて春の疎林の濡れてをり明日また聞かむ雨の余情を

やさしさを欲りゐる猫か馴寄(なよ)り来ぬりんご花咲く木漏れ日の下

相変はらずといふ日常にも晴雨あり今日は
檸檬を多く買ひ来ぬ

房酸塊(ふさすぐり)いまだ熟さず夏嵐はげしき中に時期(とき)
を待ちゐる

金網の上なる鮑のをどり焼き　免罪といふ
言葉に縋る

夕立の後に出来たる泥濘の濁りを照らす夏
の陽光

「いづれまた」とふ約束ごとのふたたびは危
ふし　小川に笹舟流す

アンブレラ・パラソル・両天満つる店踊り
出すべし夢二のハンカチ

道端にしーんと咲きゐる山茶花の白の清
純、赤の激情

満員電車の中なる体の無防備さしばし寂寥
に凭れてゐたり

マンハッタンカクテル飲みし勢(はづ)みにて言ひ
淀みゐし言葉の出づる

体温のある言葉もてうたへとや母は鉄線の
つぼみ愛でつつ

行けど見えず歩を止(とど)むると見失ふ雨に烟れるわたしの道は

どこまでも爆ぜて生きたし　早朝をポンポン蒸気飛沫(しぶき)上げゆく

細切りうどん

吹雪くゆふべ「細切りうどん」買ひに行くこの片意地を頼りに明日も

家家の氷柱の長さ見て歩く冬の夕日に染まりながらに

デートスポットの木下に人を待つ間浮かび来ぬビンラディンの哀愁の面差し

宣伝の主旨に背くか応へるか　西表(いりおもて)産の純黒砂糖

今日の耳聡くあらざりしが幸ひか人の噂を聞き逃したり

どの人の胸にも青野と枯野あらむ　今日は青野に満たされてゐる

気温ゆるみ屋根より落つる雪解水クレイダ
ーマンの奏づる序曲

雪上の見失ひがちなる足跡の途切れし先に
梯子立ちゐる

雪解水にごりて川に入りゆけり信濃の春は
薄萌黄色

事件簿

迷宮入りとなりたる我が家の事件簿に「匂
ひ桜の鉢の失せたり」

高貴なる香りを放つ「匂ひ桜」いづこの雨
に濡れてゐるらむ

星仰ぎ心しづかになりたれど「匂ひ桜」の
行方を案ず

帰り来よ「匂ひ桜」の清浄に触れたし心許
なき夜は

最高裁判所見学す

生と死の審判下す最高裁　森閑とせる構内
めぐる

最高裁大法廷の十五の椅子何を呟きつぶや
かざらむ

判決を下す判事の内面を和らげをらむ壁の
タペストリー

黙ふかき椅子もあるべし厳かな法廷の照度
意外に暗し

竹林

日は昇り山峡の一村明るめり箕(み)を煽りゐる
祖母の面影

竹林に囲まれてゐる累代の墓処の空に鳶の
舞ひゐる

累代の墓処の曲がり角にある〈鉛筆の木〉
の妙なる気品

信州と言ふことばもて言ふときに「寒いで
しようね」まず返りくる

信号機変りて老い母急せども平常保ち歩む九十歳

〈抑留〉のことばを口にするときに叔父の眼（まなこ）は伏せられてゐる

職場とふ戦場出でし夫たちは冬の木立を避けて歩めり

「画数の一番多い字は何」息子の課題をエスケープする

寒くても不便なりとも村にゐて遂に村人たりし祖父（おや）たち

木が幹が張り裂けさうな声を上ぐ容赦なく吹く師走の風が

羅臼昆布

雪中より掘り出しし葱のやはらかさ言葉の棘など少しもなくて

きぬぎぬの別れといふかほんのりの雪に二匹の猫のあしあと

暗黒の時代にあらずあらたまに羅臼昆布の旨味引き出す

雪青く積みて立つ樹の黙深し明日に芽吹かむ芽を抱きつつ

炉端にて石臼挽きゐし祖母の背の炙り出さるる冬のゆふひに

蟷螂の卵の位置の高きゆゑ今年の雪の嵩予測せり

凍み深き白菜剝がしゆきにつつ輪舞曲（ロンド）めくるめく春への思ひ

嗅覚の失せたる母へ抱へ来し菊花一束しるくし匂ふ

雲間より漏れくる日差しなきまひる青年がエホバの神売りに来ぬ

言葉なきところに人の嘆き見ゆ　茜に染まりし雪壁聳ゆ

日に七度の雪掻きを終へ吐息せり雪の嵩見る睦月ここのか

冷たくて少しひ弱に日が沈む信濃の冬の夕暮るるさま

馬の眼

太陽をいつしんに浴びしパプリカの洋皿飾る原色の赤

鶏卵の五、六個割ればいつせいに卵の眼われに向きけり

秋の雨降り零れをり「秋映（あきばえ）」とふ色付きの良きりんごを濡らす

晩秋の小さな駅に火鉢あり鉄瓶に湯が煮え滾りをり

味噌汁の灰汁掬ひをり身に付きし歳月の灰汁は掬はれなくに

雨音に消されてむしろ安堵せり火照る言葉をうつむきて聞く

秋の道古きもみぢの重なりて母をときをり立ち止らせる

秋海棠の花を掲げてはるばると追憶は来るゆつくりと

やはらかな日差しのなかの秋の椅子われの行方を見続けてゐよ

馬の眼を初秋の風がとほりぬけ馬はしづか
に鬣(たてがみ)おろす

或る日

春の朝緑したたる野菜盛りハルシュタット
の岩塩を振る

＊ハルシュタットはオーストリアの岩塩の街

からまつにつづく欅の林あり朝光のなかわ
たし探しに

噴泉の噴き上げてゐる「地獄谷」少し離れ
て猿の遊べる

ボスとして貫祿失せし老い猿がうつむき加
減に歩みて行けり

勢ひづき木の間激しく駆けて行く新顔ボス
猿空気を読みて

檀香梅、春楡の花好む猿新たな生命(いのち)の誕生
の春

胎盤を食べて処理する母猿を思へり春の芽
吹きのなかに

赤いコート着てゐし我は飛びつかれ小猿に
長き髪の毛毟らる

目薬をさされて小猿口を開き朝寒の空見つ
め直せり

雪の温泉に屠蘇をいただき信じ難きことの
いくつか信ぜむとする

ゆつくりと手指を入れて湯加減を見るは雌
猿わが家のやう

草木に春の気配を受け止めしか猿やはらか
な呼吸をしたり

永劫の時を信じてゐる猿か雪の露天風呂に
離れ入る一匹

露天風呂にいきなり飛び込む元気な猿後ろ
向きに入り行く猿も

入浴し上気顔なる猿たちが寒さうにしてゐ
る人間見入る

地獄谷露天風呂に入浴中の猿と眼（まなこ）を合はさ
ず帰る

人界に何あらうとも屈託なげに春の日差し
にあそぶ猿たち

水辺の暗さ

つぎつぎに発芽する若きらの言葉たちソーダー水のつぶ、つぶ、つぶ

日月（じつげつ）を重ねて色の褪せし傘わが香うつりて捨て去りがたく

うつむくと共に俯きわがしぐさの一部始終を見て歩む傘

薄氷張りゐる桶より野沢菜を引き出す厳かな儀式のごとく

窓越しに見る人間の苦渋とも顔をゆがませ歩み行く人

明るみに雲雀の空あり定命をふくらませ飛ぶゆたけき雲雀

失敗をなじられし子が切なさに白詰草を踏みしだきをり

母の仕種に似て来しと言ふ我が仕種この家の木木に馴染みて深し

惜まれつつ逝きしひとびとダンディーの言葉に相応（ふさ）ふ菱川善夫も

斑気(むらぎ)ある人来りせば空指して小さな花も向
き向きに咲く

ミヅスマシ、ゲンゴラウを知らぬ子等増え
て日本の水辺の暗さ

ひとふゆを治らぬ皹(あかぎれ)疼く夜は雪来る予兆
そしてかなしみ

正常なる妻が壊れてゆくさまを愛もて看取
りたる黒崎善四郎

人の噂の滑り込むがになめらかに訃報は入
りぬ季節のはじめ

いつ見ても引き込まれさうな大沼池　色付
く紅葉をさりげなく映す

月光

炬燵には宝がつまつてゐるからと母は銀河
を見ることをせず

月光が雲隠れにしその隙(ひま)にビアズリー描き
し女男(めを)の出で来つ

母はこのごろ能楽師なるかスリッパを引きつつ歩くするりするり

積み置きし書籍がいきなり崩れたり一冊づつを労り拾ふ

人の世にあるうらおもてややこしく秋の岬にひとりたゆたふ

スイッチバックの姨捨駅過ぎ見え初むる雪を被(かづ)きし我のふるさと

悔しさも覚え生ききて露(あら)はなる春の嵐に真向かひ歩む

文机にはがき一枚運ばれたり華やかなりしいちにんの死の

高層のビル屋上に立ちしとき心に降りゐし雨止みゐたり

海峡わたる

少しづつ荷を下しゆく母なるか水遣りを止めゆふがほ見つむ

わが腎臓自在に遊泳しゐるらむ　虞美人草のほのかなる揺れ

酢に浸しし大根紅に染まりたり妙に華やぎ持てるだいこん

寒の明け夫と母をうながして百円ショップコーナーにあそぶ

『鉢かづき』なる物語の継子譚（ままこたん）　現代版虐待ならむ御伽草子

余白なる「読みしろ」ことに好みしにお伽噺の改訂されをり

夏の日を被爆に焦がされし日本はにっぽんをよもや忘れざらめや

今日は何処、今日は何、と眼差しのやさしき晩年の母の問ひかけ

ゆふぐれは常にあたふた　セザンヌの好みて描きしりんご求めに

この春に生まれ出でたる風ならむ頬なづる時すこし波うつ

眩しくてならぬ時期あり恋しくてならぬ時あり　海峡わたる

傘がない

傘がない　きのふ駅舎に忘れしか忘れられゐる傘の自由さ

こぬか雨の畦道をゆく傘なしのわれは心も体も濡れて

夢の中カラフルな傘舞ひ上がり夕空いちめん虹の黛（まゆずみ）

幼児が手を緩めたり谷間（たにあひ）に水玉模様の傘舞ひゆきぬ

あの傘もこの傘も違ふ　春の日を最早われに帰り来（こ）ぬ傘

あとがき

本歌集『蔵草子』は『藍よりも』『夕日きてゐる』『ラ・フランスの梨』『母のブリッジ』に続く第五歌集にあたり、二〇〇二年春から二〇〇八年春までの作品三七三首を納めました。

退職後はさぞかし自分の時間が持てると期待していましたが、現実は厳しく、短歌に関わる仕事や地域での業務が増えました。そんな中で、ふと足をとめて建物や山並を見上げた時に、意外な感動を得ることがありました。見上げたビルが思いがけなくも白く高く見えて感激したり、信濃の山並がこんなに美しいものだったのかと再認識をしたりもしました。

今回のモチーフである「蔵」について少し触れておきたいと思います。私は、母が実家に疎開中に生れました。ここで詠われている蔵は、母の実家の蔵であります。かつては養蚕と穀物作りが主であったのですが、五十年程前からは林檎作りに切替えられ、穀物を入れていた蔵は閉ざされたままでいました。幼い頃、私は従姉妹達とその蔵の中でよく遊びました。その頃の記憶は鮮明で、雛人形や袢にとても愛着を感じていました。二〇〇四年に蔵を開けるという連絡があり、五十年ぶりに蔵に入ったのです。その時の感慨を「蔵」として作品化し、歌集名の発端ともなりました。

「白夜」代表の疋田和男様にはあたたかく見守られ今日まで来たことを深く感謝し、御礼申し上げます。また、諸先輩の皆様にも支えられてきたことを改めて有り難いことと思っております。

さらに「えとる」の大山節子様はじめ、歌友の皆様、そして「晶」の鷲尾酵一様に心から御礼申し上げます。

歌集出版に際しましては、砂子屋書房の田村雅之様、装幀の倉本修様にお世話になりました。厚く御礼申し上げます。

二〇〇八年五月

伝田幸子

自撰歌集

『藍よりも』（抄）

海鳴り

海鳴りの聴こゆる場所に眠りたき夜は火花のごとく染まりて

わたしもあなたも言葉をなくし佇つ草原に染みる竜胆の聖（きよ）らかさばかり

海鳴りを数へつつ記憶よびさます過信が悪の華咲かせゐて

洞窟のごとき孤独をかみしめてとほい記憶の潮騒をきく

不毛なる言葉がわたしを置き去りにして過ぎゆきし海への落陽

さざなみをたてて潮風去りてゆき海はいつも満つることなし

ふたり佇つ砂の岬の夕月の浄（きよ）ければなほ別れがたきを

ふりかへるすべもしらずに別れゆく白蛾のごとき月忘られぬ

フリージアの香

傷つけあふあなたとわたしフリージアの香を吸ひつつ　孤独

冬の海は腐食せるステンドグラスわれの記憶も散りばめられて

歩いても歩いてもなほさみしくて青麦の穂に白き風立つ

幾重にも重なりあひて山なみのきらきら痛むがごとき寂寥

微笑をかへす樹

水車小屋を去りてよりのち空洞の胸に輝くカンナの眩し

てのひらの感触のみがやさしくて秋風の中のカラッとしたかなしみ

湖畔より微笑をかへす樹のありてふと火照り合ふわたしの腕(かひな)

日溜り

透きとほる瞳に湖をうつしゐる少女期のこと日溜りを恋ふ

人ひとり疑ひもてず初夏の海きよらかなるがゆゑにせつなし

渇きゐるきみとわれとを追ひつめて追ひつめて野の日暮に染まる

海ばかりを恋しとおもふ癖のこと黙して夜は海の夢をみる

はつ夏の窓を開けたりいつぱいにさみしき逢ひとせぬためいつも

夕つ陽に染まりゆきたる観覧車　過去は優しく巡りくるなり

霙より雪に

秋はただ白い風車を押してくるもの言はぬままわが傍(かたは)らに

湯豆腐を掬ふ冬の夜すさびたる心に雪の降りゆき止まず

耳塚に木枯し吹きて止まぬゆゑ夜はぴらぴらと耳舞ひ出づる

霙より雪に変りてゆく空のどこかにとほいかなしみがある

透明に病む

振り向けばさらに遠ざかりゆく背(せな)のさびしき極み藜(あかざ)こぼるる

暮れゆけば潮満ちてくる入江にて透明に烏賊は病みゐるらむか

墜ちてきさうな空に反撥しつつなほ冬の花火は大輪描く

街路樹の滴るみどり吸ひたれば俄に空はひらけてゆけり

黙しあへば雲がうつりてゐるダムの巡りに白き夏は暮れゆく

乱反射まぶしき午後のダムの街あぢさゐ色に暮れてゆくべし

夕靄を漂はせつつ杉木立直立のまま昏(くら)みゆきたり

失楽の日に購ひたるセーターの僅かに濁りの色をみせつつ

白き馬

白き馬の人しれずあつき泪こぼれ躓けば絵図よりはらはらおつる

火口湖に冬の柩を押し流すたとへば雪の降らない真冬

冬雲のすれちがふ間をはかなくて蛇口の水は流れゐたりき

雲　雀

さはさはと風に吹かれて早春を液化してゆくたんぽぽ、なづな

出し抜けに春の嵐はくるならむ光の中へ跳びたつ卵

海のごとき草原に溺れゐる雲雀　少年はすこしみどりぐみ

草原を駈け抜けすぎし野うさぎのちぎれし耳に立つ夏嵐

星への距離

ゆふぐれをすれすれに耿（かう）やってきてこの冷たさは星への距離ほど

かかはりをかかはりとしておもふゆゑ星は限りなくまたたいてゐる

日傘さして何時までもただ歩みゆき届かぬ遠さに瞳を燃やす

何ごともなかりしごとく潮引きて潮満ちて海はすでにはつなつ

いつまでもダムの巡りを迂回してついにいづこに墜ちゆく蝶の

うつすらと剝がれゆきたる乳色の煩悩もちて帰るふるさと

いつせいに薔薇ひらきたる初夏（はつなつ）をそれでもひとりになりきれずゐる

藍よりも青に変はりてゆく空にひとときとほくものおもひたり

『夕日きてゐる』（抄）

夕日きてゐる

うたを恋ひうたを憎みてひとり来し薔薇園にしげき薔薇の雨ふる

奪はれざるゆゑに惹かれてゆく夏の野に青青と一本の樹が

薔薇買ひて誰に与ふと言ふでなく海に向かひて手を振りてをり

驟雨に打たれ君は変貌を願ひきや現し身打
たれてわれ立ち上がる

満開のさくらの闇に立たされて信ぜよなど
と言ひてくるるな

鬱屈しゐるは心のどのあたり水際にきて芹
の根洗ふ

水張りし銅器にゆがみうつる顔いかなる鬼
を仲間となすや

水を抱きいきいきとゆく千曲川日没ののち
寡黙となるな

一寸先に闇あることの愉しとぞ瘤ある木肌
さすりてゐたり

愛さるること悔しきや万緑の底にやさしく
夕日きてゐる

銀やんま

行く先を見届けるまで追ひかけよ　夏野夏
雲追ふ銀やんま

銀やんま秋の野を群れわが思ひ高原に来て不意に翻る

欲すれば腕を与へてくるるやうな愛に溺れゆくこと疎ましき

野の驟雨去りて明るき陽の下に羊歯群落の青みづみづし

夕されば満ち来るもののまだあるとブラウス換へて海を見にゆく

氷片のごときかなしみ伏せおきて雨に濡れたる夕刊を抱く

不可解な実在のごと暗がりにぶら下がりゐる裸電球

桃桜身のほど知らず咲くからに亡びののちの悔い深からむ

楓若葉照りかげりつつ果てしなく獅子の口より水流れをり

幼子はをさなご同士遊びをり　われは滴るみどりを恋ひき

息つめて見つめ合ふときよぎりたる暗き戦ぎを翳とぞ呼ばむ

揺るる花の向かうに揺れて揺れやまぬ仄かなるものおもひと言ふは

晩夏の譜

心をどりてかつては弾きし漆黒のピアノも人に譲りて寂(しづ)か

柑橘をむきつつわれの感情は濁らぬ人の心を欲す

青葉闇ぬけ来てふいに海ひらけ波のことばにわがこころ和らぐ

天に近き山国に住めば人の知らぬ星の数などかぞへても見き

朝霧に林は濡れて杉の葉の昨日より今日みどり深まる

男らが日常に負ふあやまちを見逃してやるカレー食べつつ

バスタオル纏ひしままの長電話足を交互に組み替へながら

ぽきぽきと木の枝折りて束とする心といふは束ねがたしも

吹雪く夜を梁に吊られて塩鮭が乾きてをりぬ　男は眠る

明暗の直中(ただなか)に首ひき入れてさびしく吠えよ男といふは

ぐつたりと萎え帰り来しスサノヲは寒の水にて口漱ぎをり

家　族

集りて皿の青菜をつまみ合ふ家族(うから)それぞれの世界より来て

情念は静かに夜半を眠りをり乾きゐる手は胸におきつつ

爽やかに芽吹かぬ春のものおもひ青杉は今朝も雫してゐる

いつもとは何かが違ふと思ひしが君にはやはり眼がふたつ

母をうたふそんなおもひの夕まぐれ木末を染むるうすき夕映え

信濃のをんな

収穫の終りしあとの林檎園に脚立傾き危ふく立ちをり

抵抗は生きてゐる証（あかし）　もろさわよう子、丸岡秀子ら信濃のをんな

蒟蒻が鍋にふるふる震へゐて今日のわたしを励ますごとし

虹を見る父

枯草の中に吹かれて立ち尽くす父のてのひら大きく見ゆる

父の記憶言葉はむしろ少なくてふたり見てをり夕虹のいろ

父がゐて私がゐる必然の弾むおもひを長く記憶す

わたくしの仕草の中に父がゐて折々薄き苦笑ひする

白雲は戸隠の空にみなぎりて父に繋がる血のごときあり

鬣（たてがみ）を光らせて野を突つ走る馬の泪を見てしまひたり

梅の枝折りたる真昼唐突に父は逝きたり逢へざりし不思議

辣韮（らっきょう）を磨きて甕に漬け込みし白昼ふいに切なくなりぬ

性愛を声ひきしぼりうたひゐし雲雀セキレイとなり水に溺るる

郵便夫が配達しゆくはさみどりの病み上がりたる一片の詩

遠景としての海

雪の上にまた雪降らす天上の深き割れ目を今朝は憎みぬ

明日になればと思ふ危ふさ引き摺りてコップ一杯の水残しおく

まふたつに折れたる林檎の木の幹に雪かたくなに凍てつきてゐる

土壇場まで意を曲げざりしは梢なるあの淡雪を庇ひたきため

押し黙り降りゐる雪や　告げしこと告げざりし事のいづれもはかな

問ひかくる通草細工の鳩車「ひとりを切に愛し得たか」と

背きたることなからむか屋上に遠景としての海を見てゐる

白桃の熟れたるを食むその唇をすこし憎みて今日は別れぬ

薔薇棘と薔薇の花との感覚の相違に今朝はまざまざと覚む

阿修羅像

双の掌を合はす青年阿修羅像沈黙ふりきる
ごと見開く眼

みひらきて輝く阿修羅たちまちに怒りの雲
雀天に昇らむ

阿修羅像に惹かれ惹かれて行きて負ふさみ
しさぞ濃き真夏のあした

まかがやく真夏にしんとしづもれる伎芸天
女の細き指先

土用波

燃え盛りゐる鶏頭よ敗者には敗戦語る言葉
がありて

あなたから逃れてしまふのではなく波立ち
てゐる菜の花見にゆく

あつけらかんと空を見上げてをりしかど逃
避行すべき飛行機は来ず

荒れ狂ひ狂ひし後に弾け散るほどの激しき
あの土用波

なれ合ひのきれいごとにて終りたり男と女蒼々と空

梢には木末の孤独あるらむと吹雪の朝の青杉仰ぐ

春に酔ひ言葉に酔ひて桃の花匂ふ川岸水と歩みぬ

のぼりつめゆく揚げ雲雀たはやすく空中分解などせざるべし

おびただしく花ふり零す雪柳われはひそかに言葉をたたむ

冷たき雨

夕暮れの冷たき雨に濡れながら人のはかなき背（そびら）みてゐる

悔しさの錐揉むやうに来しゆふべ身を屈ませて髪洗ふなり

わがめぐり死はいづくにも盈ちてゐる鳥籠の鳥変死したる朝

はららごとふやさしさ身籠もりゐるシシャモ仄青き炎（ひ）に焼かれつつをり

葡萄棚にかくれし葡萄　汚れざる部分を常
に少し持ちをり

銀杏葉の散りゆく早さ極まりて誤算のひと
つただ見とれゐき

あたたかきオートミールを啜りをり淋しき
降り方をする秋の雨

わが夏帽子

野の雨は美しきかな降り沈みゆく刹那さへ
銀に輝く

夕日ながく歯科医の窓に差し入りて今治水
の香りただよひゐたり

春の野罌粟(のげし)わかれのごとく風に揺れひとり
し雪の山を見て立つ

幾度も吹き飛ばされて戻り来しわが夏帽子
なほ汚れなき

迷走の夏

君は君をわれは己を繁らせて花水木咲く城跡に佇つ

今日告げむか明日は告げむかと制し来つ街路樹の幹の激しきいたみ

水溜りいくつも跨ぎ会ひに行く菜の花の黄の波をめがけて

嵐とは激しき悲哀　一夜にて花大根の花みな散らす

空があり海あり失楽の今日がありよるべなかりき迷走の夏

無援なる愛

冬の夜の蛇口を漏るる水の音汝がかなしみの音と聞きゐる

人はただ滅びのために逢ふのかと悔しく髪の雪ふりはらふ

わが身にも喪の明けのごとき日のありてオフホワイトのジーンズを穿く

晩夏光にはげしく灼かれ傷負ひし昼顔も明日は忘れ去られむ

野萱草（のくわんざう）ゆれゐるかたへに石塊は石塊として影曳きてをり

雨止みし野の片隅に濡れてゐる錆はじめたる赤きスコップ

無援なる愛を拒めり膝尽きて割れしコップをゆつくり拾ふ

六月の森

手厚くも手荒くもされ太りたる腕（かひな）を湯殿の鏡に写す

六月の森くらぐらと繁りをり産まざりし子の笑ふは何故か

産まざりし子の舌先は桃色に笑ひをり　暗緑の樹樹の狭間で

黙契の地としてつねに恃み来しこの河永く守らねばならぬ

カタクリの花の包みをひもとくに暗き饒舌
のふるさといづる

ホームにて見送られたるのちは雨熟れたる
桃を打ち続けゐむ

春の潮

水曇る朝になしたる飲食はまことさみしき
必然にして

山国に春を呼ぶべく南国の春の潮（うしほ）に会ひに
行くなり

海鳴りのごとく心を領しゐる永劫はなにさ
くら咲きゐよ

背を丸め春の浅瀬に芹を摘む老いたる母の
声はさみどり

詩歌とはさびしきかなや百千の藤もみ合ひ
て風はわたれり

秋天にしぶきを上ぐる噴水の地に至るとき
の　さみしさ

君もまたわれも互ひのものならず倚りかかりゐる黄昏欅

実をつけて輝きながら立ちてゐる木はいつまでも木でしかあらぬ

くれなゐの薔薇咲く街への脱出を踏み止まれり　川芹匂ふ

誰もゐぬ部屋に火薬の臭ひせり薔薇窓越えて火つけ鳥来よ

『ラ・フランスの梨』（抄）

うたの地平

ラ・フランスの梨をねかせて五、六日うたの地平にすこし傾く

木枯らしになぶられにつつねこじやらし倦（う）まず弛（たゆ）まず風とつきあふ

歌人（うたよみ）を妻に娶りしは不運にて冷めしなめこ汁掬ひゐる夫

見尽くして来たる冬野に林立の裸木解かれて春化粧する

しんじつに生き難くして水木咲く木下に行きて水木を仰ぐ

白桃はまことにいたみやすきもの傷つけぬやうにと母は教へたり

白桃の熟れゆく過程信じたし　信じてゐたしあかねさす昼

剝(む)かれある白桃の腐食はじまりぬ晒さるること　傷つくといふこと

無鉄砲に迸(たばし)るわれをとほくよりやさしく辛く手繰(たぐ)りゐるひと

言　茨

言茨(こといばら)、風説茨、恋茨、胸に刺されど血潮流さず

隈笹(くまざさ)を打つ雨の音を海鳴りと聞き違へしがここは　山国

生きていまあるといふこと饒舌を包みかくして黄薔薇咲きをり

善光寺と月

善光寺甍（いらか）に下がる風鐸の月浴びてなほ黙（もだ）は深かり

戒壇の闇を踏み来し足裏（あなうら）の夜毎ほてるは罪のごとしも

一握りの米粒撒かれ参道に寄り来る鳩のまこと無防備

常夜灯の明かりは消えて松籟は過去世の人の嘆きを伝ふ

月光のさす仏壇にひざまづき過去帳をひとりひもときてをり

雲間より洩れくる月の光（かげ）やさし罪ふかきものをも等しく照らす

生きていま迷ひつつ踏む石畳門前町のゆたかに暗し

常緑樹の木の間を漏るる月光に鎮まりおはす六地蔵尊

暮れ満ちし夜の蓮池にとほき世の光あつめて月水漬(みづ)きをり

涙のトッカーター

漫然とゐる昼日中逃げ水の中に消えたる真赤な車

お通しの塩辛避けてタラバガニ食む舌先に宿る北方論

戦(をのの)きも怒りも忘れ黙々と草を食みゐる走らぬ雄牛

打算なき雄々しき心にのせられて口ずさみをり〈涙のトッカーター〉

舌戦の激しき歌論脇に置き秋はしづかに清水(せいすい)を汲む

鋼なす恋

五月こそ鋼(はがね)なす恋　さみどりの野に人知れず心を溶かす

朝風呂に髪を梳きをり豊かさを脆さを曳きて生き来し髪を

山峡にふぶく桜花を身に浴びて信濃の春の只中に立つ

涙壺

夏風に乾きてをりし涙壺　月蝕の夜をふいに溢るる

花の綺羅、花の鬱、はた花の終(しゅう)、知りそめてより幾時を経し

夜の海何も見えねば船室にもどりて今日の化粧をおとす

詩歌とふ得体の知れぬものを恋ひ、憎みて溺れ、ときに瞑想す

先行きの見えざる今を手探りて揺り起こすなり〈ことばよ立てよ〉

誰も居ぬ海の孤独をききにゆくげに柔らかしわれフリーダム

ことさらに秋は実りの恋をとぞ〈千秋（せんしゅう）〉といふ林檎なでゐる

永遠の雲の造形おもはする三越デパートの包装紙こそ

冬の夜のしじまを潜りふるさとの祖母が石臼を挽（ひ）くうしろかげ

森越えて特急「あずさ」とゆく夕日ブリキのやうな眼を持ちてゐる

夕暮れの運河

こんなにも椿の花は明るくて萎えたる心を満たしくるるか

フラスコの形を描きみるときに春の岬の潮の香のする

力こめて抱（いだ）き起せばその量（かさ）をずつしりと曳
き立ち上がる壺

祭典ののちはいつでもメランコリー冷蔵庫
の扉を開いて閉ぢて

花の美に序列あらねど人はまづ人に序列を
見いださむとす

打ち消しの打ち消しをして付き合ひて来し
短歌とは断念なるか

雨傘の「ア音」潤みてきさらぎの雨と溶け
合ふ不思議な時間

夕暮の運河を照らす陽を見つつ許しがたき
も許さむとする

無蓋車の長き連結を先導し今日の夕日の運
ばれゆけり

雨後の青葉

うたふ理由、愛さるる理由より激し　親し
みて見る雨後の青葉を

あさがほは日々新しき花ひらく淡き翳りを
地表に置きて

胸底につねに荒地を持つことを理（ことわり）として我
はうたへり

若からぬ年寄りならぬこの身ゆゑ今やさし
くも怖くもなれる

杏の花

誠実に一途に生き来し母なりて杏の花をし
づかに見あぐ

豊姫の輿入（こしい）れの際持参せしとふ杏の種子は
ロマンの形

家々の灯ともし頃をほんのりと浮かびて杏
の花はしづまる

名ばかりの男女雇用機会均等法　賃金格差
の圧縮ならず

水けむりする雨の昼権力といふものに感情はひびわれてゆく

あとさきに引けぬ思ひと交差して明け方の夢の中の橋落つ

しなやかなけものといはれ苦笑する女ごころをゆめゆめ知るな

「新聞は」と夫言ひ「歩いてきません」と歩いてこない新聞にいふ

いつ見ても変わらぬ景色　夕刊はポストに半分はみ出してゐる

夕づける沼より帰り来しひともナップザックも草の匂ひす

艶やかな罅

あへかなる光を放つ螢とは太古の母のこころのやうな

水仙の描かれてゐる湯呑み茶碗に今朝あたらしき艶やかな罅（ひび）

中年をさみしとうたふ高野公彦とうたはぬ
我といづれさみしき

海峡越ゆる

喉元を過ぎても熱さ忘れ得ぬメスに暴かれ
し母の脳髄

生きたしとふ母と生かせておきたしとふ娘
のゐて昼下りの月の白さよ

手術せしことわからぬ母手探りて頭が枯れ
て木が立ちてゐるとふ

マッチ棒に日がな一日遊びゐる母を嘆かず
見つむるばかり

母といふ傘の下にて育ちきて今更にわが海
峡越ゆる

「ながらへる命」と言ひてある日には冴えゐ
る母がふと不気味なる

敗北の馬の眸

ひからびて死にし茂吉のうたことばそこはかとなく輝き出づる

はららごを数多宿せるししやも食むわが現し身に春嵐吹く

敗北の馬の眸（ひとみ）は峠路に吹かれてをりしゆふすげに似る

鏡台に向かふ朝夕手にとるは肌を潤すさいはひの水

ひとつづつ葬りゆきて残るもの書きおきし反古、吐息のたぐひ

少し甘く辛く見積り粋なるは黄金分割され得ぬ一生（ひとよ）

癒えがたき傷と勝負をするごとく掌（てのひら）に切る冬の豆腐を

ルービック・キューブ

高きだけその気高さにそよぎゐむポプラは吐息つくことのなし

ルービック・キューブ操り持て余す枡目はつひに揃ふことなく

さみしさの真髄として魔羅をよみし石田比呂志の真顔にふるる

はかなさを折線グラフに表はして春うつそみをうそぶいてゐる

われといふ一切を所有してほしく露けき朝の路地に髪梳く

梨畑にしづかに熟れて安らぎし二十世紀梨の恋も終はるや

歓喜こそ奈落に通ず夜の更けとともに弾める失意のこころ

ビッグエッグの夜

岡崎のファインプレイを缶ビール売り歩く人に遮られたり

ビッグエッグの室内外の照明の燦々たりぬばたまの夜

打ち勝ちし今宵の巨人の圧勝を至福としたり真夏の一夜

ビッグエッグを出でし人波に押されつつ水道橋駅に泳ぎつきたり

秋の墓原

生きてゐるこの眩しさや父ねむる秋の墓原に蜻蛉とび交ふ

秋果てて荒涼とせる畑中に萎えたる茄子（なすび）のころがりゐたる

長葱の白きを土より掘り起こし寒の水にて懇ろに洗ふ

原風景

人間の愚かしき口嘲笑（わら）ふごと春雷の激しき怒りとどろく

原風景のときをり顕（た）ちて思ひ曳く母の郷里の雪折れの木木

辻に立つ首なし地蔵雨に濡れ欠落の惨に心を砕く

貫きてゆくべき意志と見定めて葡萄一房重く支ふる

馬としてその鬣（たてがみ）を輝かせ行くべし雷雨激しき中も

ふぶきが浜

雨傘をさしていくつの角まがりつひに心に満つるものなし

絶望にやや近くゐて今宵読むオスカー・ワイルド実らせたきに

のがれ来て自在といへるふるまひはスクランブル交差点に立ちし時湧く

白壁のはたて静かな均衡を破りて散りしくれなゐ椿

意志は崇く掲げてをれば輝くと驕りは今も捨てずにゐるが

中年は振り向くことを拒みつつ明日明後日（あすあさって）の野菜買ひ置く

人気（ひとけ）なき山懐（やまふところ）に遅咲きのさくらは捨て身に似て吹雪きをり

本棚に逆さに入れある『赤光』を夕日に曝らせり『赤光』あかし

リバガーゼ剝がしたるとき傷口は夏の翳りを負ふごとくゐる

夢を夢見てゐて川に落ちしまま這ひ上がれざるずぶ濡れの犬

紫紺めく薔薇のピアスを春風に吹かせてひとり明日を拾はむ

めぐすりの木

木の肌に眼のやうな斑紋(はんもん)もつ〈めぐすりの木〉の官能にあふ

青首(あをくび)か赤筋(あかすぢ)かはた宮重(みやしげ)か大根二十キロを店頭に選る

地図上の消えたる国をなぞるごと掠(かす)りゆく雪掠りゆく悔い

高台に駈け来て沼を見下ろせば日々の拘泥は雲母のごとし

信濃の雪

長野県上水内郡(かみみのちぐん)信濃町騒立つ野尻湖湖水の眠り

牡丹雪、粉雪、泡雪、細雪　異なる雪の愉しや犀川

顆粒状感冒薬は口腔に張り付き弥生の苦さを残す

野の隅の片耳欠けゐる道祖神　信濃追分(おひわけ)みぞれは雪に

晩白柚

晩白柚（ばんぺいゆ）きさらぎ雪の舞ふ日中届きぬ南の国
の歌人より

嬰児を包むかのやうに晩白柚を両手にて覆
ふ覆ひて包む

裸木の細き梢に雪積もりきさらぎ二十日意
志まで凍る

雪の日のものしづかなるたたずまひ蜜の香
のする唇生（あ）れよ

風雪に傷められ来し木々の梢（うれ）耐へてゐしゆ
ゑいま生きらるる

大寒の夜は蛇口をゆるめおく春へとつづく
細き水脈

定型詩といふ泉

〈チチカカ湖〉奇妙な語感愉しみて口ずさみ
をり弥生の夜を

今日的状況としてのさみしさを満たすといふかテレフォンクラブ

苛立ちて真昼ありしが胡瓜揉み作りゐるとき優しさもどる

晒したる独活の旨みを味はへり雪深く人の笑はぬ二月

冬枯れの信濃の森を抜け出でて日本海の怒濤を見に行く

虹よりも浮雲よりもはかなくて海に降りつぐ無量なる雪

舞ひもどり来し海鳥は震へつつ今日の入り日に背（せな）をあたたむ

闘へるだけの余力を蔵しつつ常にしをらしく咲く私は

摩訶不思議なる女心を見抜けざる男心をいとほしむなり

取り落としとり繕ひて繋ぎゆく定型詩といふこの深き泉

ミルクティー

いつだつて許容範囲にあるからにからくれなゐはくれなゐ深し

人を葬るかなしき折も逃れざる飲食とふは罪悪に似る

賞味期限はるかに過ぎてしかもなほ衰へ知らぬ短歌を生まう

ミルクティーは千年の泉　かたくなな夫の心をほのぼのほぐす

今生のことばに溢れしめざるは雪のしらしら母のやさしさ

白　菊

呼べど応へぬ人の末期の水にさへ肉親の温み籠もりてしづか

死に得ざる義母を真夜まで看取りつつどこまでが生どこまでが死か

乾びたる顔より白布取り除きつぎつぎ覗く村びと他人

広き屋内に菊花のかをりしるき夜　義母を逝かせし秋は凜たり

出棺をみつめて露地の白菊はけぢめもあらず揺れてゐるなり

霧時雨　生者を死者を濡らしゆく雲ふかき昼　黙ふかき昼

忘却は没却よりも難きかな樹木の下に雨を避けゐる

秋海棠そよぐを路地に見て佇つは母なしの夫　母ありのわれ

畑中の藜（あかざ）を扱（しご）く夫の手よ言葉の外のさみしさならむ

父の死も義母の死もまた死にありてただ切なさの歩幅がちがふ

喪の服に身をつつむ夜半いささかの詩藻もわれにただよはぬなり

死といふは大いなるかげり　ひたすらにみどりぐみゐる針葉樹林

瑠璃紺のこのおほらかな神無月　義母亡く
ただに白菊薫る

『母のブリッジ』（抄）

発芽せぬ言葉

花の野にくぼみてをりしひとところ雨水の
ありて空うつしゐる

弧を描き飛ぶ鳶一羽　曲線は直線よりさら
に鋭し

寂蒔とふ町に降る雨お暗しや発芽せぬまま
の言葉あるべし

桃は桃われはわたしの領域を持ち堪(こら)へむと
身ぐるみこどく

家族とふ絆はとほき湿原の一点にきららと
光る瞳か

ひかへめな氾濫やあるコップより泡立つビ
ール溢れ流涕す

プノンペンはたノモンハン帳尻がどかで合
つてゐるやうな語彙

日常は何げなく過ぐ　ＦＡＸを奇術と言ひ
て母は喜ぶ

甕は空

甕は空(くう)　いつ満たさるることもなく静かに
塩を水を待ちゐむ

ビル風に吹き上げられし髪の毛が涅槃に入
りしやうに鎮まる

気がつけば抵抗体として夫はある　ある日
夫はいきいきとして

目くばせをすることあらむか　土人形の眼
を見つむる春のゆふぐれ

薄暗くなりゆく日暮をさみしみて部屋とふ
部屋の灯をともす母

職場の渚

出社後を皆パソコンのスイッチ入れそのの
ち多くは一日を無言

シュレッダーに切られてゆくはマル秘なる
書類と朝の光と影と

いぢめにもセクハラにも会ひ耐へてきぬ黙
すといふを性(さが)にしまひて

管理職に成れざりし人と蹴りし人　海原の
やうなる大きな違ひ

役員会資料の損益計算書　目を凝らし見て
ファイリングする

時間中に携帯電話の曲流る「運命」は小山
さん「ドラえもん」は木村さん

秋草の枯れ行くやうに退職を強ひられゆき
し彼の異邦人

しなやかに定年退職迫り来ぬ柿の実いろに
過ぎ行き染めて

パソコンに飽きたるわれは「カルガモ」の
スクリーンセーバーに心憩はす

権力を倦み憤りし日もありきはためく社旗
に別れを告げぬ

秋澄みてゼブラゾーンの白線が目に鮮やか
に飛び込んでくる

河童橋ラッシュアワー

死なれても死なせても困るたらちねの母に
羽毛の布団を掛けて

薬漬けになりゐる母に新しき恋人として朝（あさ）
光（かげ）のくる

夕焼けに心潤し溶け込みて母の白髪しづか
に梳きやる

駅前の広場のやうに懐（ふところ）の広い男を探しつづ
ける

桜吹雪は豪快にしてせつなくてゆふぐれ生をためらふごとし

ハルニレの遅き芽吹きの色の増し大いなる樹が夏空を蹴る

河童橋ラッシュアワーに橋撓む清流は優雅に流れをつづく

いつか滅ぶとおもひつつ逢ふ愚かさに溺れて夏の銀河にまたあふ

上高地に小梨の花の開きたり恋ひわたりし日のかすかなる風

夏水仙

日傘さして畑中の細き道をゆく寂しきわれの原風景か

柔らかき葉葱を刻み味噌汁に〝ふはつ〟と散らす　フレーズ生るる

白き手袋はめて老い人もぎくれぬ夏陽に熟れたる白桃ひとつ

夕闇のしづかに迫る軒下にゆふがほひとつぶらりと下がる

庭土手に夏水仙（なつずいせん）を咲かしめてふるさとは霊を守りつづくる

晩　夏

病院は小暗き器　鬱うつと薬持つ人待つひと溢る

誰よりも憂ひ深めてゐる母にいま切りて来し黄薔薇をわたす

銀杏並木ゆくふたつなる影と影かさなり合ひてゆふぐれ迫る

母といふ繭に抱かれわたくしは記憶をいつぱい紡ぎてゆける

大根を輪切りにすれば大根の顔がいくつも並みつつ怒る

カルガモは雌雄同色　わたくしは私の色を纏ひ生き行く

光合成欲する観葉植物を明るみに出す　老いし母をも

ポプラの戦ぎ

腎臓の奇形を告知されし日のポプラの戦ぎ狂ほしきまで

異形なるものゆゑ募る愛しさか　モンブランのインク壺など

木枯しの中に漬け菜を洗ひゐる信濃に生きて忍従の母と

本棚を締め出されたる規格外の『日本列島大地図館』

白き皿

白き皿にサンドイッチの盛られ来て略取されたる耳を憐れむ

中年と言はれて思ひ騒だちぬ冬のゆふひに映ゆる死火山

真向へる君との間に差し入りて月光はわれの言葉を奪ふ

下りゆくのみの山腹に立ちにつつ喪失はなほ銀河の深さ

身の丈を低くし地を這ふ植物に眼を凝らし
ゐる　生きるといふは

苛(いら)つきてゐしが一晩寝かせるとマイルドに
なるあなたもカレーも

雪消水みつめる静かな目に会へば理屈は抜
きにひびきあひたい

みすず豆腐ゆがかれ徐徐に脹れゆくごとく
着脹(きぶく)る信濃老いびと

清水坂　産寧坂(さんねんざか)また二年坂　京の坂道わが
をんな坂

真綿のやうに

永訣は華やかであれ　窓と言ふ窓に緋薔薇
をうづめつくして

秋の草枯れ枯れて祖父昇天す生真面目な時
計残されしまま

昂ぶりて錯綜しつつ言ふときも母は笑へり
真綿のやうに

橋いくつ渡りて来しがどうしてもこの先渡
りたくない橋のある

橋の下はいにしへも今も日陰にて待宵草の花の咲きゐる

老い母は澄みゐる瞳保ちゐて朝は必ず「おはやう」を言ふ

不機嫌な腕時計

荒縄にくびりし大根吊しおき水気の失せてゆく日日を待つ

不機嫌な腕時計と思ひはづしたり湖の底にゐるやうな午後

寒さうに眠さうに蓬けしすすき穂が母の白髪と共に揺れゐる

吹雪かれて一山のありふぶかれて不思議なとほい女坂あり

ヒヤシンス

干し物を叩きのばして干す母を背景に初冬の空の広がる

犬は犬のさみしさ負ふか冬雲の擦れ違ひざまじつと見てをり

緋のセーター着るかたはらにヒヤシンス白白と根を泳がせてゐる

静寂が瀟洒（しょうしゃ）を語る魁夷館「コンコルド広場の椅子」浮上せり

勢ひがつくとふ怖さおそろしさ昇りゆくとき落ちてゆくとき

青空の塗り込められたる昼下がり一葉の重さ曳き木の葉落つ

ホースより湧き出づる水の勢ひに嫌嫌（いやいや）をせしが蘇る花

無理利（き）かぬ母が齢と思ひけり木木の夕影長くのびきる

心づもりあらぬにその場に居合はせてみどり児抱きしは秋の神秘か

緋色濃き曼珠沙華いちりん出奔を果たせず
わが地に咲ききらむとす

母のブリッジ

秋草はしづかに枯れて老い母に夢のかけら
を残してゆけり

喝采を浴びし日もあらむ合歓の花、水引草
も老いたる母も

雪かづく椿もつらさ堪(こら)へゐむ春を待つとふ
母の言葉に

吊り橋の半ばを過ぎて思ひ知る母渡り来し
歳月の橋

秋の水

寒の木瓜(ぼけ)けなげに咲きぬ　わが飛翔かなは
ねば信濃の里に埋もるる

こんなにも秋はいつしか満ちてをり理由なくわが悔いは深まる

秋の水澄みてしづまりゐる岸辺添ひがたきものの未だありしか

未完なる詩歌の苦さ噛みしめて遮断機の前に時ながくをり

濃密なふたりの時をほの照らし枇杷は剝かれずテーブルの上

握手せず列車の窓に見送られどこか流され雛のやうなる

銃殺刑よりしづけくて酷きかな木は立ちしまま枯れてゐるなり

夫のシャツ干しつつをりて私が妻でなくなる一瞬がある

雨脚

論点の逸れていつしか雨脚の激しさに人の眼は向きぬ

身構へのなき時どどつと雪落つるおつる悲
哀がわれを狂はす

冬の尾を引きて残れる雪まだら御堂の隅に
うすくよごれて

自虐とは

紫のあやめ素直に立つ見れば昨日の事には
引き込まれまい

水切りをせし紅薔薇が立ち上がり瞳の奥ま
で深紅の透る

もう花は咲かぬだらうか　春の宵りんごの
花を褒めることなら

自虐とはいかなる香り　爪立て伊予柑剝き
ゐるわたしの時間

デ・キリコのおもひが虹に届きしかぼあー
んと明るい雨上がりの午後

『冬薔薇』（抄）

一脚の椅子

一脚の椅子はいつきやくの影を引き春の日差しの中に溶けをり

母の手がサクランボひとつ抓み上げほほゑみかへす春のくちびる

春の日に黄楊の小櫛を挿しやれば母は大正の雛となれり

不機嫌な目覚まし時計鳴らざるも家族の朝の椀用意する

身だしなみ怠る日の母のウィッグが傾きかかる柱の杭に

時間外　人まばらなる病院に座しゐる母が小さく見ゆる

母に添ひ酸素ボンベを抱へゆくさくら並木のつづく病院

生きるとは地を踏みしむること　寒風にねこやなぎの芽銀にかがやく

「いのちの重さってどれくらゐ」虚空を全部集めたくらゐ

母が我にわれもまた子に教へたる白木蓮が夕日浴びゐる

煙　雨

春となる風のしらべの手力にうづくまるやうに如雨露ころがる

涙もろくなりたる母が虫食ひの栗を手にして切なさうなり

煙雨には知らせておかう生き残りゲームのやうに母は生かされ

花咲かす雨

早春の木の芽稚（をさ）なくやはらかしこの先の時間いかにたたまむ

介護より放たれ一日森に入る精霊宿るハルニレの花

生きてゐることがこの世のすべてなり花咲かす雨しづかで温し

今年の桜咲く気になつて咲いてゐる詠ふべきを詠はなければ

妙薬と母が飲みゐる散薬の耳掻きほどが包(はう)に残さる

遠すぎる先祖の墓を移さむか夫との会話に母が身じろぐ

若きらは戒名も墓もいらぬとふスマホに今日もうつつを抜かし

躓いて折れさうになりし人生の辻に見たるは柔らかき枝

春の方程式

艶のなき母の白髪(しらかみ)洗ひをり生きゐることの温みつたはる

雪が溶け花が咲き初めまた雪が方程式の崩れゐるらむ

ガラス器に水餃子あり涼しさをつまみつつ会話ほぐれてゆけり

忘れかけしことは忘れむ縄文の味するといふ榧(かや)の実のこと

笹舟を流して遊びしふるさとの細き川いまも流れをつづく

河童橋より奥穂高岳仰ぎつつ背負ひて来たるわだかまり解く

滔滔と流れ淀まぬ千曲川生き行くさまを水に見取りぬ

水張田に雄姿映しゐる常念岳安曇野人の崇きシンボル

槍ヶ岳より湧き出で来たる梓川の穢れなき水を両手に掬ふ

手付かずの自然を見たりはつなつのサロベツ原野に風すり抜ける

島人は「本土」とふ言葉言ふときに些かはにかみぎこちなく笑む

夏のほとり

艶があり輝いてゐる孤独が好き深閑とある
夏の真清水

生きよ生きよと母をこの世に留めおく白粥
ひかり椀に残れる

夏のあさ花瓶の濁る水を換へ花のいのちを
延ばすは酷か

ひねもすを酸素の管（くだ）に纏はれて草の香りを
忘れたる母

病む母を傍らに見し夏銀河　闇の中なるも
うひとつ闇

石ひとつ拾ひ上ぐればその石の存在ゆゑの
かなしみにあふ

われの個と母の個ぶつかり顛末を聞きゐる
ごとし枇杷の葉擦れが

将棋駒さすやうに母の錠剤組む渡りきれる
か最後の橋を

昼夜なく咳き込む母に秋草のそよぎはやさ
し優しきそよぎ

母の手をするりと抜けてミニトマト夏のほとりを転がりゆけり

青空掬ふスプーン

落ち椿ひろふ幼子屈みつつひとーつ、ふたーつ、あとはいっぱい

幼子にペッドボトルをもたせたり「重たい」といふ　生き行くちから

雷鳴にパソコン、テレビ消したれば昼間といへど妙な暗がり

日に幾度も立たねばならぬ厨なり「女の城」と誰の言ひたる

咽喉(のみど)病み声が全く出ない日日　青空掬ふスプーンください

はつなつの季節の中にわたくしを閉ぢ込めて咲く赤きひなげし

瞬時咲きことりと落ちたる時計草花の傷みは人に知られず

潮風咽ぶ（3・11　東日本大震災）

人と家攫ひゆきたる大津波怒濤の悪夢スクリーンに非ず

幼子抱き泥んこの中逃げ来たるその母必死素足のままに

瓦礫の山、山また山のその中に明日を探す人影のあり

しづまれる廃墟なる地に日が昇る海猫のこゑ溺死者の声

ふるさとは帰るところぞ人を心を返せ瓦礫と化したる家をも

濁流に苦しむ人を救へざる歌は無力かされど詠はむ

瓦礫のなか畳と畳に挟まれて主婦死にゐたり手に位牌持ち

母親に女児を抱かせて一つなる棺に納めたるおくりびと

〈さよなら〉のひとことも言えず流されたる御霊に注げ四海の光

黒き葡萄

芽吹きたるアスパラガスの不揃ひさみんな
違つてそのまま伸びよ

外出の出来ざる母にこの秋の枯葉のあしお
と聞かせやりたし

きのふ来て今日もきてゐるしじみ蝶憩へる
場所をもてる安らぎ

いつかしらミンミン蟬のこゑ途絶ゆわれの
若さも失はれむか

叫び続けてみても応への返らねば最早心に
井戸を持つなり

知らぬ間に消え失せゐたる物干し止め夏草
の中に埋もれをりぬ

鉄線の濃き紫の花いくつ母に告げつつ車椅
子押す

母に来るその日はいつか　ゆふべ母が食べ
残ししは黒き葡萄

赤蕎麦

洗礼を受けるがごとく跪（ひざまづ）き磨り下ろしりんご母にひと匙

どれほどの深さの甕を持つ人か慰藉なる言葉さりげなく吾に

高原に赤蕎麦の花咲き満ちて溶け込みをりぬ夕日のなかに

戸隠の土の香のする茗荷なりわたしをこんなに穏やかにする

深きみづうみ

歩きつつ大切なことは言はぬこと立ち止まりし時秋は満ちをり

古書のみを入れある書棚に夕日差し『装飾樂句（カデンツァ）』の背文字が光る

遠い時間を引き寄する母ねむりつつ両手泳がせ砂零すやう

紡がれて言葉はいのち繋ぎゆく鳳仙花はじける夏のゆふぐれ

邪を憎む心なければこののちの日本に何も始まりはしない

今朝われは奪衣婆となり母の下着剝ぎ取り着替へさせ病院に行く

行く先に明るい迷路のあるやうで母はこの世の出口を探す

暗い時代越えて生き来し母ゆゑに発光体となりてゐて欲し

今日と明日の間が寂しと詠ひたる人あり生の真のさみしさ

一生をかけても母の心地には辿りつけない深きみづうみ

母の手

こはばりゐる母の手なりき葬式は簡素にと酸素マスクの下より

これの世のとばり閉ぢむとせし母の途切れし呼吸　またひと呼吸

遠のきゆく意識の中にて握りたる母の温もりある手忘れず

苦労してきた母の手だ　節高き両手を胸の上におさむる

もの静かなる母がしづかに逝きにけり霊柩車に母との最後のひととき

甘栗を好み剝きゐし母の爪くらくらと今焼かれゐるなり

最高の祭壇設(しつら)へ九十七年を全うしたる母を称揚

冬の虹

雨後に立つ虹とは異なる冬の虹神神しさと儚さまとふ

群れなさず立ちてゐる樹のそよぐとき真実深きこゑと聞きゐる

一隻の舟なる自負と限りなき心細さを引き連れていま

ゆふぐれの橋は冷えをり渡る人を見送りしのち深くしづもる

善光寺の風鐸ぬける木枯しにあまざけ茶屋ののれん揺れをり

善光寺御開帳

善光寺回向柱に触れながらとほい時間を呼び寄せてゐる

救はれたい人、人、人、の列つづき回向柱にさくらはなびら

暗闇の戒壇巡り「極楽の錠前」握り来てうつつに戻る

善光寺中日庭儀式大法要の最中ふいにドローン落ち来　あ、あ、あ

善光寺境内に春の雨しづか　鷹司(たかつかさ)誓玉(せいぎょく)上人(しやうにん)の温顔おもはす

冬芽

歳月は唯に流れて来たのでなくわれとふ冬
芽を育みくれたり

高知産〈水晶文旦〉送られ来とろーり果肉
はこころ潤す

バラストといふとき不意におもはるる上田
三四二の文語定型

反古となり丸めたる紙蠢（うごめ）きをり遣り切れな
さを主張するごと

複雑に考へること止めにして葉脈の濃き木
の葉をひろふ

わだかまり解かむと里山歩きつつ母の遺し
し言葉を紡ぐ

生きて負ふ脛の傷みを凌ぎ来て崩れし土手
に和草（にこぐさ）を摘む

白梅

白梅の匂ひくる坂のぼりつつ「小保方」擁護者の顔思ひ出づ

不可解な今世紀にも季(とき)めぐり桜はさくらのいのちをつなぐ

今もなほ無人駅なる姨捨駅裸電球雨にけむれる

捕虫せしオオムラサキの桐箱は子の勲章として今も納まる

薄墨桜

母葬り身の枷とかれ庭に立つほぐしみる土春の香のする

「あの折はどうも」と頭を下げ来たる斎藤史のしぐさ忘れず

山国に遅れたる春巡り来ぬ土とともに摘む蕗の薹

河豚三昧の一夜の宴にほろ酔ひて中原中也の詩をくちずさむ

菜園に汗してゐたる母なりき　泥付き野菜をいとほしみ買ふ

ゆふぐれはいつから何処よりくるならむ春の岬にながく佇む

花びらは桜が良いと言ひ遺しし母花びらとなりて舞ひ来ぬ

亡き母に言ひそびれたる言葉あり呟きながら石段上がる

春はソプラノ

芽吹きたる欅の若葉永遠の生あるごとし春はソプラノ

「今はもうアララギも反アララギもないですよ」宮地伸一真顔に言ひにき

やはらかき風に心のほどけゆく春は待つもの人は恋ふもの

夏つばき白日のもと咲き競ひ日暮れを待ちてことりと落つる

蘇りくるもの滅びゆくものの交錯しゐる夏
の日だまり

握手せし手を使はずに帰りしが干し物取り
込みレモンを搾る

優曇華日和

あんずの花咲きゐる優曇華日和なりこんな
日だから言葉の虜に

バッグには『星の王子さま』があり日が沈
むまで待つのさといふ

公園に降りゐる雨を連れ来しが家の近くで
見失ひたり

僅かでも転がる石は苔むさず歩みの鈍(のろ)さを
憂ふることなし

パソコンが今朝さくさくと動きゆき春の便
りを書き込みてゐる

茂吉逍遥

やはらかなガーゼのやうなる朝靄に拾ふ記
憶は茂吉のバケツ

「極楽」とふ茂吉山人便器のバケツある時は
野菜、くだもの入れに

時雨きて秋笹ゆれる公園に「大根の葉」の
歌碑濡れてをり

秋の野にしづかさ保ち立ちてゐる「茂吉記
念館前」なる無人駅

恐山

「斜陽館」青森檜葉の長き廊下時をすり込み
黒く輝く

なぜ生きていくのかと問ふ赤ペンの推敲原
稿『人間失格』

恐山　賽の河原の不気味なり翅の傷みし黒
アゲハ舞ふ

ゆふぐれを白装束の霊媒とトイレに出会ふ
ここ恐山

窓辺のガーベラ

手術時の麻酔ミスから壊れたる叔父　訴訟
起こさず黙する家族

病室の叔父にもみぢ葉一枚をリトマス試験
紙のごとく手渡す

北ウイング・南ウイングの個室より集ひく
る車椅子水鳥のやう

イケメンのままに惚けたる叔父の顔を覗き
ゐるやう窓辺のガーベラ

おほかたは輝かむとして輝けず　ガガンボ
一匹施設の窓辺

枯葉のやうに

ひつそりと咲きゐる花を見てゐると真のこ
ころの見えてくるやう

ほんたうに言ひたいことを言へないまま枯
葉のやうに散るのはよさう

軍帽の仕舞はれてゐる和簞笥に母を輝かし
し簪のある

輝いて生きてゐるかと花に問ひ自らに問ふ
母を亡くして

心にも離れ小島を持ちてゐてときをり辿る
喧噪のなか

あぢさゐの濡れて咲きをり一度だけ父の怒
りに触れたる夜の

同じ石にふたたび躓くことのあり気づかず
に踏む大切なもの

秋草の枯れゆくなかに猫じやらししたたか
に揺れ揺れ止まざりき

忘れむとしてゐるものを時として追ふこと
のある雑踏のなか

水楢の落ち葉にあそぶ猿たちに笑顔のあら
ず　冬がまた来る

ケアンズの雨・黄昏

陸半球にひらくあさがほ無き街のケアンズ
に二歳のコアラを抱く

瑠璃色のスカーフ買ひぬ『恋唄』の流るる
免税店に人影まばら

何といふケアンズの真昼の明るさか居眠り
コアラ木から落ちさう

ワラビーの笑顔はキュート人噛まず四次元
ポケット携へしづか

思ひ出の管（くだ）を集めて散歩するウォンバット
に会ひしことども

ゆるやかに人動く街ケアンズは暮れてゆく
なり雨あたたかし

ケアンズの黄昏時を散歩せり吹かれて棕櫚
に舞ひ行きしスカーフ

旅に酔ひ旅に魅せられ白雲をつかまむほど
の機上の窓辺

斜面の村

水車小屋過ぎて坂道上りゆく斜面いちめんに林檎の実る

土橋に根をおろしたる草の実は泥にまみれど花咲かせゐる

白壁の蔵浮き出づる母の生家しんかんとあり　秋の雲ゆく

農一途斜面の村に眠りたる祖父母は林檎の花愛でをりき

晩秋の縁側

葡萄棚の木陰に食みゐるピオーネは雨宮雅子の詠みたるぶだう

葡萄うたふとき思はるる「百房の黒き葡萄」と「葡萄木立」を

さびしさのぽろりぽろりと零れ落つほほゑむ母の遺影を前に

もうゐない母おもふなり晩秋の縁側にただ膝を抱へて

海もたぬ信濃なる地に逝きし母死の孤独な
どつひに言はざりき

母の歌褒めざりしこと悔いながら母の歌集
を繰り返し読む

神無月に父が隠され霜月に母の隠さる　空
は夕映え

白鳥

白鳥の寝息のやうに降りつづく雪、雪、雪
の信濃まほろば

向かひくる春の嵐を受け止めて優しきこと
ば返しやるなり

をりふしに思ひゐるなり絶望の淵にてみた
る水の碧さを

ローソク島

自販機もコンビニもなき隠岐の島　島民の
こころ豊けくのどか

日本海の潮（うしほ）に揉まれ立ち尽くすローソク島
に夕日きてゐる

野大根の花咲き揺れる牧場の馬の眸に野生
の光る

風雪に牛舎にも入らず知夫（ちぶ）の野に子牛を産
みて生きてゐる牛

輝きが失せざるうちに思ひきり飛翔せむと
す原野のバッタ

旅に来て夕餉のひととき心ほぐし海藻焼酎
「いそつこ」お湯割り

日本海の朝の浜辺を歩むとき渚を歩む他界
の母見ゆ

春の動物園

雪解水残雪の谷間ほとばしり信濃川の素顔
見せ始む

荘厳なる火祭りのごと初夏の夕映えに染ま
る大河信濃川

春浅き動物園に泳ぎゐる海驢の眼うるるー
んうるるーん

公園のベンチに春の陽の零れとほく聞こゆ
る母の手鞠うた

絹豆腐、木綿豆腐の問答終へ歌の深みの談
義に入りゆく

どの数字好むと問はれ「0」と応ふ　こと
のはじまり無限に通ず

愛の質感

うつくしき大和言葉を傷つけぬやうに吹き
ゆけ春の嵐よ

冬解かれ野山のみどり増しゆけど話すちちははは何処にもをらず

亡き母の着物を手にす海原に広げ被せて漂はせたき

日本海のマリンブルーに深呼吸その先に見ゆる柏崎原発

忘れゆく人の中にも雪洞（ぼんぼり）の明かりのやうに浮かぶ顔ある

春彼岸過ぎても朝は氷点下信濃の春は単衣を重ぬ

木より木へしづかに風が移りゆく愛には微量の毒が不可欠

ブーメランのやうに返りてくる愛と返りては来ぬ愛の質感

最早なにも急ぐことなし春の野に俯き咲けるカタクリ見つむ

園原に琉球おもちゃ瓜見てをれば明るい歌をつくりたくなる

金田千鶴のふるさと泰阜村（やすをかむら）に見るはざかけの稲夕日浴びをり

燐寸箱

「Ich liebe dich」と書いて渡されし燐寸箱出づ　四十年遥か

雨の日にうしろ姿を見送られ永遠に燐寸を擦ることのなし

ふりむけば海に降りゐる雨の見ゆ逝きたるひとの面影うかぶ

ゆつくりと遡りゆくに思ひ出の途中を驟雨にかき消されたり

見える場所に置かず忘れず……アール・ヌーヴォーのラベルの燐寸箱

雪割草

歳月に翻弄されて来たるなり北斜面にも雪割草咲く

限りなき欲望あれど日の沈むまでに遣らねばならぬことある

若沖は如何に描かむケアンズに見たる火喰
鳥のとさかを

流されず生きゆく術を知り得ては流れ来し
浮き草やさしく掬ふ

もう何も言はずにおかう　さくら花いちり
んいちりんみんな異なる

「俺より先に逝くな」と不意に真顔なるひと
と笑顔に晩酌交はす

安曇野のダム湖に飛来せし白鳥傷みたる翼
つくろひてをり

冬の陽の仄かさほどの記憶なり暦の裏側に
行きたるひとは

マネキン

マネキンはいのち吹き込まるることのなく
常に季節を先取りしゐる

いくつ橋渡り来しならむこの先の待ちゐる
橋に今は触れざり

戸隠の力ある森林(もり)峙ちて木末そよがせ空を掃きゐる

じつとここにゐるから樹は巨大化し春の大空ゆーらりゆらり

冬薔薇

ただ一羽の飛べざる白鳥いたはりて春の光のながくとどまる

あの時は遠ざかり見えたる木の橋が今日は近くに見ゆる冬晴れ

老紳士落ち葉はゴミかとたづね来ぬ抒情の余白と小さく言へり

完璧を貫き来しが寒波来て暮れの大掃除さらほーさら

ゆふぐれの椅子の姿と重なれるものしづかなりにし母のほほゑみ

人は皆さみしき荷物引き摺りつつ春の日差しに向かひて歩む

霙から雪に変はりてゆく夕べ炬燵をつくる
といふロマンあり

心には艶(えん)とうるほひ忍ばせて福袋買ひに元
朝並ぶ

雪の夜「ヘッドライト・テールライト」ロ
ずさみ窮屈なる風習に生く

それとなく冬の夜空を仰ぎ見る限りなき宇
宙　果てしなき旅

深雪なか健気に生き来てそよぎゐる春の朝(あした)
の欅の若葉

今でせう　逢ひておかうあのひとに永遠の
時間など誰にもなければ

雪のあさ善光寺門前町の石畳ひとり踏み行
き「お数珠頂戴」

あたたかき冬の雨なり雨傘は雫してゐる時
をよろこぶ

今生きて歩みつづくる歳月に人は小さな冬
の駅もつ

ふるさとにぽつりと咲きゐる冬薔薇(ふゆさうび)むかし
のこゝろの遠く尾をひく

歌論・エッセイ

波汐國芳歌集『列島奴隷船』再版をめぐって

——今日的意義

いつか見し燐寸の小箱のレッテルのそこにあり遠き馬のふるさと

私は今も、そして多分今後もこの一首を愛誦してやまないだろう。

私は初めて初版の『列島奴隷船』に遭遇した当時の感激は忘れることができない。歌集名の意外性、氾濫社という名の出版会社、装幀、そして内容についての強烈な印象。

それ程に思い入れの激しい歌集として私の胸中に巣くっている。

この度、波汐國芳歌集『列島奴隷船』が再版された。内容は昭和三十七年の初版本と同じく、〈馬と火〉をはじめ八篇の連作から成り立っている。ただ、初版の作品の中で一部手直しされたものもある。

再版についての思いを波汐氏は次のように述べている。

「昭和三十年代に示した、可能性への挑戦と実験への意欲は、現代のような短歌の混迷期に於てこそ、呼び戻さなければならないと思いますし、そして何よりも私自身の問題として再び『列島奴隷船』時代のエネルギー源を希うからにほかならないのであります」と。

意義ある言挙げといえよう。

ところで、『列島奴隷船』の初版が出版された時の歌壇での反応は大変なものであったことを大部あとになって知った。（私の短歌との出会いが遅かったため）

すなわち、問題歌集として大いに取り上げられ、前衛短歌運動の中でも特に貴重な収穫の一つとして、多くの論客によりその意義を問われた歌集であったことを申し述べておく。

『列島奴隷船』は波汐氏の二十代終りから三十代半

ばにかけての作品群で、氏がもっとも革新の意欲に燃えていたころの所産である。

　中でも〈馬と火〉という連作は九十一首からなる大作であり、そのうちの八十八首のすべてに馬という言葉を入れた作品構成になっていることに驚きを禁じ得ない。しかもまったく理論的構築の上にたって成立しているのである。また、馬を実によく凝視し、その上で人間を鋭く照射している。ここには歌人の全神経を傾けてポエムに打ち込もうとした一途さ、そして、それゆえの悲劇性、またテーマに見る爽快感と情熱を思わずにはいられない。

切れるほど冷たき風の中をゆき炎（ひ）の音をきき
おり耳聡き馬

昔馬は地熱を盗みきその日よりいつ噴くと知
らぬ己れに怯ゆる

重々しき腹、きっちり張りて馬は歩む　向う
に垂れさがってる天も

目つむれば脱出したき暗さなり馬を見て来て
われ　馬の中

　こうした作品に触れていると、〈馬と火〉における氏の言葉感覚とか発想は、初版から三十年近くにおよぶ現在においても充分新鮮であり、詩としてのエスプリに輝いているといえる。

　因に、波汐氏は第三回短歌研究新人賞に、〈馬と火〉と題した五十首詠を応募。惜しくも小差で新人賞は逸したが、塚本邦雄は絶賛したと聞いている。

　ところで、次のような作品に出会うと戸惑いを感じるのは何故だろうか。

馬の背は反り美しき鋤となり睡る森をいちい
ち起こしゆく

　まことに美しく、完成された作品である。が、しかし、どことなくある古風さが、現代においては何かものたりなく、歯痒さを抱かせているような感じがしないでもない。

それでは、この歌集が今日的意義において、果して批評に耐えられる歌集であるかどうか、という見解の上に立ってみてみたいと思う。

まず主題について現在という時代の波にどの程度食いついているのか。

〈馬と火〉には短歌に対する既成の概念をぶちこわそうとする新しい精神活動を如実に受けとめることができる。従って、作品が抱えている苦悩もよみとることは可能であるし、馬に対し自己と同質のものを見ての危機意識は現在においても充分頷ける主題である。むしろ、平穏な現在なればこそ、かえってこのような危機意識に目覚めねばならない。

〈時間を売る男〉一連はサラリーマンである作者が、労使の板ばさみのような仕事を通して、真剣に真向えば真向う程、自己を苦しめ、或は道化のような自己を意識する中で、躰を売って働く者の真実へ目醒めていった様子を伺い知ることができる。

　仕事場のそとのポプラが揺れ、昼にわが売る時間輝き溢る

　疲れたる心傾きて帰るよりわれ自らが灯(ひ)となるほかはなし

このような作品は、人間に対する疎外感というものを追求しており、その意味においてはかなり積極的な作品である。しかし一方、

　やり場なきサラリーマンの澱む眼が　たむろしているビルは死海だ

のような作品に目を見据える時、独白以外の何を見い出せるのか。確かに作者の鬱屈した精神はわかるし、共感できる要素は十分持ち合せている。だが、今ひとつ切り込み方が浅いような気がしてならない。

とはいうものの、これらの作品を現代にダブルイメージさせてみても、決して不協和音を奏でるとは思えない主題であると思う。それ程に現代社会がサラリーマンに投げかけている問題が多いといえるの

かもしれない。

〈列島奴隷船〉は歌集名になったように、当時の日本の状況をメタファーとしてとらえている。いや、むしろかなりシミリに近いとらえ方の社会詠となっているといえよう。

例えば冒頭の一首目

飛ぶ雲を見て働けば走りいる地——謂うならば列島奴隷船

謂うならば、といういいかいわりが何としても惜しい。だが、

首根っ子摑まれ夜も働くや青々と燐光を発するまでに

夜の海にはげしく岸を噛まれつつ流木のごとき列島に醒む

の作品には主題がはっきりと見え、社会性がうかがえる。また、意欲的かつスケールの大きさを感じさせる。

〈地獄篇〉においては、ヒロシマの惨状をダンテの神曲の中に置きかえて、怒りを燃やしてうたわれた意図が感じられる。

水欲りて屈める少女　髪垂れてふと処刑待つごとし河原に

垂直にくるかなしみを感受しつつ、しかし何かしらもどかしさを思う。

少年・少女の骸足出してうず高しホークもて積みしかたちに

のように主題は明確になっていてすぐれている作品の前に瞑目する。

〈森の唄〉にはよい詩質が表出している。ただ全体としてみた場合、主題がやや希薄になってしまった

感は免れない。しかし、次の一首は圧巻である。

巨大なる耳の中なりしんかんと祝祭のための
　朝をわれはゆき

〈海は書物〉には限りなくイメージが広がる。やさしく、そして少しの気取りがある。

　主題を問うと、はっきり見えてくるものはないが、雰囲気があり心が休まる。

ういういしき若者の死より芽生えしもの青き
　海草の幾枚のてのひら

〈牛〉一連は思いきった実験がなされている。デフォルメされた短歌形式であり、一連すべてが成功しているとは言い難いけれど、ここにはすばらしい詩の存在がある。

　波汐氏の今日の作品に詩が感じられるゆえんは、この一時期に、五七五七七の韻律を一応こわしたという経験を経たことで、詩というものの実体を摑み得たのではないか、という思いさえする。

　更にまた、ネオリアリズム詩運動に参加していた影響によることも大であったと思われる。〈牛〉一連では執拗なまでに自己を反芻している。やや荒削りで、自己陶酔的な面がないでもないが、それが逆に生真面目な一途さとなって読者に感動を呼び起しているのかもしれない。

　しかし、短歌作家においては、やはりフォルムとスタイルとの対決、格闘はなおざりにできないものだと思う。その意味においては、いまひとつすっきりと定型に近づけてほしいと願う。だが、定型と発想と詩性とは深い関りを持っているので、更なる困難な問題がつきまとうこと必致であろう。

〈牛〉では次の一首に惹かれた。

牛よ　お前の中、戦慄が昆虫針のように光り
　日本の八月の書物に留める

〈牛〉が第三の詩の実験作と栄光ある失敗作だという声もきいているが、私はそうは思わない。最近でこそ口語短歌云々と言われているが、波汐氏は三十年近くも以前に、いち早く実験的に口語発想にとりくみ、成果をおさめているのである。

〈墜ちる空に〉にうたわれている危機感は今日そのまま、いやむしろ充分すぎる程に受けとめることができる。

一見、平和に見えるかに思われるような現在の日本の状況下にあり、しかし、常に不安に脅かされている危機感を思う時、これら一連の主題はまさに現在の日本の状況を先取りした型でよまれているといっても過言ではあるまい。


わが上に空が無くなり日本じゅうに空が無くなり　森閑とふゆ

主題の明確さに最も輝いた作品といえよう。

ライトバースブームの火は少しずつおさまりをみせてきており、最近はメタ・文学的な短歌が登場してきた。しかしそれさえも飽きられてきて、重いものを見直そうという傾向、動きが見えてきたように思う。だからこそ、なおのこと強烈に詩魂の渦巻いている『列島奴隷船』を現代の多くの歌人たちにお読みいただきたい、という思いがしきりである。

ともあれ、エネルギッシュな意欲と改革精神で貫かれている作品群は、現在においても充分に評価に値すると確信している。

おわりに

常に前向きに歩を進めている波汐氏の姿勢と詩質の冴えには、教えられるものがある。

そして、氏の言う「例え、傷つくことがわかっていても砂漠を彩どる鮮血が、僕の詩なのだから。……」のエコーをいつまでも聞きながらペンをおく。


（「白夜」一九九二年二月号）

長野県三歌人の作風

信州には近代短歌の三大山脈があると言われている。すなわち、「潮音」の太田水穂、「アララギ」の島木赤彦、「国民文学」の窪田空穂である。信州の風土が送り出したこれら三人と、それに続く俊英歌人達の活躍は日本短歌史に多くの足跡を残してきた。その三歌人を対象にそれぞれの作風に触れてみたい。

水穂は現在の塩尻市に、赤彦は現在の諏訪市に共に明治九年十二月に生まれている。それより半年遅れて明治十年六月に空穂が現在の松本市に生まれた。

水穂が長野師範学校に入学した時、同級に赤彦がいた。水穂は師範を卒業後、新派和歌同好会「この花会」を松本で結成した。「この花会」は近代短歌草創期における先駆的な存在であった。そのところに会員として空穂がいたのである。このように三歌人の出会いは、まさに奇縁というべきものであった。しかしこの後の状況は大きく変わり、それぞれに独自の歩みを為すこととなるのである。

　秀(は)つ峯を西に見さけてみすず刈る科野(しなの)のみち
　　に吾ひとり立つ

住まいの西を流れる川の向こうの、日本アルプスの険しい嶺を望みつつうたった水穂の二十五歳の時の作品である。

　口あきて歌ひてをば思ひなき子等にも似たり
　　ますらを吾は

この作品や前掲の「秀つ峯」の作品などには万葉集の影響がみられるが、次の作品には新古今集の要素が窺える。

　さみしさに背戸のゆふべをいでて見つ河楊(かはやぎ)白

き秋風の村

水穂は三十三歳で上京し、現在の日本歯科大の倫理科教授となる。その職と平行して、文筆生活に入り、大正四年に「潮音」を創刊した。その頃すでに「アララギ」が歌壇の中心であったので、「潮音」は反アララギの旗を掲げての自己主張であった。

この夕べ外山（とやま）をわたる秋風に椎もくぬぎも音立てにけり

この作品は主観が沈潜され客観と主観が一つになっていて不思議なのだが、実はこの時期、水穂は良寛や芭蕉に傾倒していったからであろう。歌人であり評論家でもある水穂は、歌学の教典とも言われている。『短歌立言』を刊行し直観尊重を説いた。それは赤彦や茂吉の説く客観に依ろうとする写生主義とは対立し、論戦が繰り広げられて歌壇を賑わした。

秋の日の光のなかにともる灯の蠟よりうすし鶏頭（けいとう）の冷え

かつての作品と比較してみると、内容も濃く、象徴的にうたわれている。
ところで、水穂と言うと必ず口ずさまれ愛誦されている次の作品がある。

命ひとつ露にまみれて野をぞゆく涯（はて）なきものを追ふごとくにも

先頃「太田水穂・四賀光子筆墨展」が長野県麻績村で開催され、この作品の初出は「命ひとつ露に濡れつつ」の掛け軸となっていることを知った。説明によると、初出の翌月に「命ひとつ露にまみれて」と推敲したとのことであった。また、晩年に次の作品がある。

吾れに友あり哲人矢島、詩人赤彦、四賀光子（ひかるこ）

も数のその数

水穂にこう歌わしめた良き伴侶であった四賀光子の偉大さが伝わってくる。

水穂の歌道への執心には果てしないものがあり、日本的象徴を掲げ、万有愛への心情の帰趨を強調した。そして生涯に亘りそのことを追求し芸術性を大成せしめた。そこには蔭の理解者であり、協力者でもあった夫人の四賀光子に負うところが大きかったと言えよう。

一方、赤彦の生き方はどうであったのか。

幼少年期はかなりの腕白であったと言われているが、教育者として鍛錬道の精神を説き、信州教育に濃い影響を与えている。

みづうみの氷は解けてなほ寒し三日月の影波にうつろふ

赤彦の視界にはいつも諏訪湖が横たわっていた。この湖は赤彦にとって自らの心象を映す鏡であった。名歌と言われている「みづうみの氷は解けてなほ寒し」の作品は正確な描写がなされており一つの美がある。しかし何か物足りなさが残る。それは詩相であろう。

さて、赤彦が広丘小学校の校長となったところに少し遅れて赴任したのが中原静子であり、歌の手ほどきをしているうちに自然の成り行きとして愛の関係が芽生えた。そのような背景での次の作品は控えめに歌われているが、作風は浪漫的であり、今までの作品とは趣が異なり詩心の膨らみが感じられる。

二人して宵さびしければ真鍮の火鉢によりて火をふきにけり

ところが、折しも降りかかってきたのが、「アララギ」の創始者であり赤彦の恩師の伊藤左千夫の急死であった。赤彦は遂に教育界を退き、家族にも中原静子とも別れ、耐え難い思いを残して単身上京することとなる。

ひそかなるものを残してはるばるに歩めば今
は一人なるかな
古土間のにほひは哀し妻と子の顔をふりかへ
り我は見にけり

しかし、赤彦が家族に強いた犠牲を象徴するかのように、長男が病死する。

むらぎもの心しづまりて聞くものかわれの子
どもの息終るおとを

上京後、彼は一心に「アララギ」の経営と作歌への苦難に取り組んだ。次の作品にはそうした当時の心境が偽りなくうたわれている。

十年の行くへ思へば南無大悲（なむだいひ）現（うつ）し命を死なし
むなゆめ

また、信濃の冬の寒さを歌いながら、どこかに晩年の老いへの郷愁が窺える次の作品にも触れておきたい。

信濃路はいつ春にならん夕づく日入りてしま
らく黄なる空のいろ

こうして赤彦は本領を発揮し、一世を風靡（び）するほどの勢いを示し、歌壇的地位は動かざるものにまで押し上げられていった。

山深く起き伏して思ふ口髭の白くなるまで歌
をよみにし

こううたわれているように、ここには初心を貫徹した赤彦の強靱な意志が読み取れる。
赤彦にとって必ずしも幸せな生涯とは言い難い人生であったが、しかし、彼は文学への野望を捨てきれずに「アララギ」を日本一の短歌結社として育てあげ、見事に近代を拓いた歌人であった。

ところで、空穂短歌の根底には何があったのだろうか。空穂は現在の早稲田大学に入学したものの、一年在学後中退し後に再入学している。その間は大阪で働いていたが、母の危篤の報で帰省し一ヶ月余りを看病するも母は他界。その二年後に父が他界という状況にみまわれた。優しい母によって人間の真実のすがたを教えられ、父からは厳しい人間的教訓を与えられた。そのことが人間空穂を形成し長い生涯を決定した。

　鉦鳴らし信濃の国をゆきゆかばありしながらの母見るらむか

多く知られているこの作品は、母を恋しく思う気分の具象化である。

　頼むぞとただ一言をいはしける母が眼ざしわれを離れず

　子のわれの最悪の日を思ひうかべ諭したまひき世に在りし父

このように、空穂の場合は母父の影響が大きな比重を占めていたと言えよう。

しかしながら、両親の死に遭遇したり、妻が三度変わるという不運に見舞われ、家庭的には余り幸せとは言えない状況にあった人であり、人生への挫折を経験している故の、稀に見る人生肯定者である。

　損得は知らざりし日の初一念宿命の路と歩むに老いぬ

　偉いなる風土のちから顔見れば所見の人の生地の知らる

少年時代の純一な思いが語られて思想がある作品や、風土の力の偉大さは計り知れないとの詠嘆がうたわれている作品である。

さらに、両親の愛を絶対的と受け止めている次の作品に触れたい。

　われ生める親をおきては誰人（たれひと）か曾（かつ）て祝へる吾が生存を

　こうして見てくると、空穂ほど両親を思い、故郷を対象に大切によんでいる歌人も少ない。空穂の人間形成の基礎は故郷に育った日の環境に大きく左右されている。ことに、どの作品からも優しさが汲み取れる。

　槍ヶ岳そのいただきの岩にすがり天（あめ）の真中（まなか）に立ちたり我は

　空穂は多くの山岳詠をなしているが、それらは近代短歌史における山岳歌として最初のものであると言われている。この作品は人口に膾炙している一首である。

　空穂は「自分のゆき方は芸術的というよりも人生的だ」と言い「はやらない歌だよ」と謙虚に語るが、汲めども尽きない深さのあるのが空穂の歌の特質である。さらに、日本文学の伝統を継承し、自己追求の表現に徹して近代短歌を確立した一人である。と同時に国文学者である。

　このように信州に誕生した三歌人が、それぞれの生き方の中で煩悶し、苦悩の中から自らの作風を確立させて、近代短歌を拓いた功績の尊さを私は謙虚に受け止めている。そして、近代短歌の礎の上に、今日の現代短歌があることを改めて強く認識することとなった。

　水穂は塩尻に、赤彦は諏訪に、空穂は松本に、それぞれ記念館が建立されていることを追記しておきたい。

（「えとる」二〇〇六年第14号）

君をおもふはつひに貫く

——評論・川田順

藤沢市の辻堂海岸を歩くにこやかな笑顔の和服姿の二人。穏やかで、どこか気品の感じられる川田順と鈴鹿俊子の仲睦まじい匂いやかな写真を見ている。その写真を見つめていると、川田順＝〈老いらくの恋〉と言うスキャンダラスな部分のみに関心を抱くのでなく、作品を通して人間、川田順に触れて見たいという思いに到った。

附紐（つけひも）のとれし寝巻（ねまき）を着（き）せられてさびしう床（とこ）に
はひりけるかも
裏庭（うらには）に砂（すな）いぢりしてありしかば父（ち）来（き）ましぬと
いふ声（こゑ）のする
旅寝（たびね）してこし方（かた）かたる友（とも）六人（むたり）父（ちゝ）母（はゝ）なきはわれ
一人（ひとり）のみ

漢学者、実業家、歌人である川田甕江（かわたおうこう）を父に持ち三男として生れた順は、側室の子であり、下根岸の別邸に母、妹と三人で住んでいた。そこに折おり父が通って行った。順が十二歳の時、母は病気で死亡し、その三年後に父も死亡した。

抄出の作品は、歌集『伎藝天』の巻頭「みなし児の歌へる」の作品で、当時を追懐しての作品であるが、幼くして受けた寂しさ辛さは拭い去ることは出来ず、感傷的な作品となっている。それ故に男の子である順の心底なる悲しみが伝わってくる。

順は東京帝国大学法科を卒業し大阪の住友本社に入社、筆頭重役となった。短歌は竹柏会に入門、佐佐木信綱に師事していた。ところが二・二六事件の直後、住友本社を退職。文学で生きることを決意し、その最初に立山登山をしたと言う。

立山は荒き岩山岩の秀（ほ）に石積みあげて祠（ほこら）据ゑ
たり

立山が後立山（うしろたてやま）に影うつす夕日の時の大きし
　づかさ

立山を詠んだ歌人は多いが、中でも川田順のこれらの作品は力強く、自然の雄大さが出ていると言えよう。殊に二首目の「立山が」の作品の結句を「大きしづけさ」でなく、「大きしづかさ」としたことで微妙にニュアンスが変わり、深い余韻が感じられる。敢えて「大きしづかさ」としたのは、天地寂寞の深さを表すためだと作者自ら言及していると言う。

ゐろりべにわれら坐（すわ）りて夜（よる）深し黒部川の大き
　なる岩魚（いはな）を炙（あぶ）る

立山を初め、黒部、東北、北海道、九州など各地を旅行し多くの旅行詠を生んでいる。初期の詠風は浪漫的色彩が濃かったが、次第に写実的な格調の高い詠風に変化してきている。その要因として、窪田空穂との出会いがあったと言えよう。空穂の自然主義の影響を受けて歌い続けた作品五百九十一首は歌集『鷺』に収められている。この頃は実業界を引退し、和子夫人と一緒に旅行を試み、自由の生活を楽しんだ唯一の時だったようだ。だが、十余回の夫人同伴の旅行後に、和子夫人が突然病没された。順の五十八歳の時であった。そうした中で歌集『鷺』及び、歌文集『国初聖蹟歌』が刊行された。それによって第一回帝国芸術院賞を受賞した。こうして作歌活動もいよいよ旺盛となり、写実に拘泥せず自由な歌柄となっていった。

食ふもの足らず著（き）るもの薄くともうつくしき
　夢を失ふなかれ

敗戦直後の作品であると同時に、戦後の出発点となった作品である。生きる源にあっては、「うつくしき夢」をうしなってはならないと自身に言い聞かせているように思える。

順は「たとえ下着は粗末でも一輪の花を身につけ

て生きたい」と語ったというが、順の作歌精神を見る思いがする。

順はまた愛国歌を沢山作り、「愛国歌人」と呼ばれていた。

英吉利も亜米利加もやがて滅びてはこのわた
つみの泡沫の如きのみ　　川田　順

たたかひは朕が志ならずと宣り給ふ大詔勅に
いのちは捨てむ　　川田　順

このようにうたわれた川田順の愛国歌と、斎藤茂吉の次の作品に見られるそれとは大分印象が違う。

たたかひは始まりたりといふこゑを聞けばす
なはち勝のとどろき　　斎藤　茂吉

肇国のひかりを放つ日にあたりわが皇軍は勝
ちに勝ち勝つ　　斎藤　茂吉

順は真率に作ったのだが、その作品にはどこか魂が宿っていないようにも感じられる。それに対し、茂吉の作品は無造作に歌っているようだが、勢いの強さが感じられインパクトがあると言えよう。

ところで、順が和子夫人を亡くされて八年目、偶然にも鈴鹿俊子と出会うこととなった。そのころ順と俊子とは師弟の関係にあった。

樫の實のひとり者にて終らむと思へるときに
君現はれぬ

思いがけない出会いに対する喜びが率直に歌われている。

橋の上に夜ふかき月の影を見て二人居りしか
ば事あらはれき

この作品は二人の関係が発覚したことを歌っている。

わが子らの怪しむ目をば憚りて君は来らずなりにけらしな
母を思ふ娘はわれを罵りて蛇のごとしと言ひにけらずや

二人の関係は俊子の夫のみならず、順の子らの知るところとなり、やがて世間の耳目にも触れることとなる。そうした中で二人の逢瀬は次第にむずかしくなっていく。その状況をこの作品は物語っている。俊子の娘は順を罵って迫るのであるが、「蛇のごとし」とは何と凄まじい表現なのか。

おさへ来し思ひは爆(は)ぜてぬばたまの闇のまぎれに君をあやまつ
相触れて帰りきたりし日のまひる天の怒りの春雷ふるふ
この妻にその子供らに吾が負へる罪代(つみしろ)おもし背の曲がるまで

俊子への激しい愛を歌い上げた作品。また痛切な罪の意識を「春雷」に託して歌っているこの作品は歌柄の大きな作品である。さらに、「罪代おもし」と自責の念に駆られている作品。どの作品も苦悩に満ちているが、偽りのない真実を赤裸々に表現して優れており、類稀な相聞歌と言えよう。
そして、次のように歌うのである。

つひにわれ生き難きかもいかさまに生きむとしても生き難きかも

悲痛極まる心境にまで到達した事実もまた人間として当然のこととも言えよう。こう歌った順のこの愛は、道徳的には責められるべきもので、順における罪の意識はますます高まっていった。また、俊子への周囲の非難や中傷などにより、順は自身を孤立させ苦悩は深刻なものとなっていった。こうして、身も心も疲れ果て、遂に死を意識するようになった。

死なむと念ひ生きむと願ふ苦しびの百日(ももか)続き
て夏去りにけり
これの世に再び生きてはじめての外出(そとで)の道の
冬の夜の月

順は遺書を残して自殺を図った、がしかし未遂に終わった。この烈しい恋愛事件は、「老いらくの恋」と喧伝されたのである。誠に純粋な愛と苦悩が歌われている。この後、川田順は俊子と正式に結婚したのである。

何一つ成し遂げざりしわれながら君を思ふは
つひに貫く

順は最後までその愛を貫きとおし、純粋を守りつづけた歌人と言えよう。

順は満八十四歳の波乱の生涯を閉じたのであるが、自らの人生の上でも、作歌においても確実に実践した見事な一生と言うことが出来よう。これらの作品は歌集『東帰』及び『宿命』に収められている。

川田順は社会的地位においても、歌人としても最高峰までのぼりつめたのだが、それらを捨てて恋に賭けたその真実さを思う時、歌人である以前に人間であったのである。人間として、詩と真実に生きた歌人であった。そこに私は大いなる魅力を感じたのである。

苦労に揉まれての生涯であったが、眉目秀麗で少年のような笑顔の風貌の持主であり、もしかして夢の中を歩いてきたようにも思われる。

（「えとる」二〇〇七年第15号）

ミステリアスな小町の晩年

吾(わ)れ死なば　焼くな埋(う)むな野に晒(さら)せ　痩(や)せた
る犬の腹肥やせ

壮絶な和歌である。このすさまじい歌を誰が作ったか、想像がつくだろうか。小野小町である。と脚本家の内舘牧子氏はトランヴェール2007・4の巻頭エッセイに書いており、この事実に驚きを隠せないようだ。更に、私はこの歌を知った瞬間、小野小町という美貌の歌人への思いが一変した。とも言っている。

確かに、小野小町と言えば「花の色は移りにけりないたづらに」のなよやかな作品の持主だと私も思っていたので、小町にこうした作品のあることを意外に思った。というのも、世界三大美女とされている小町であってみれば、容姿の衰えをなよなよとうたうことの方が一般的に理解が届くからである。だから、内舘牧子氏の言うように、冒頭の作品を本当に小町が作ったのだろうか、と言う疑問は私の中で長く尾を曳いており、その真意を知りたくて調べを進めた。

まず、「小野氏系図」を見ると小町の父母の名前が出ており、様々な説があるがどれも確証はない。小町の出生についても天長二年（八二五）らしいと言うことであるが、そこには随分幅がある。出生地は現在の秋田県湯沢市小野という説が主流となっているようである。しかし、福井県小野町、または茨城県新治郡新治村大字小野、など生誕伝説は全国に点在しており、多くの異説がある。

ちなみに米の品種「あきたこまち」や秋田新幹線の列車「こまち」は小野小町に由来するものであると言う。

絶世の美女と謳われ、艶麗な歌を残した小野小町は、深草少将や在原業平をはじめ多くの貴公子からの千通の恋文を埋めてあると言う文塚がある。しかし小町は、多くの求愛にも靡かなかったと言う。また宮廷に出仕し高貴な人物の寵愛を受けたが出産の記録はない。様々の情況を鑑みる時、やはり小野小町は魅力ある美女であったことが偲ばれるのである。

ところで、小野小町の晩年はどんなだったのだろうか。

小町老醜説話で広く知られている次の作品に触れてみる。

　　秋風の　吹き散るごとに　あなめあなめ　小
　　野とは言はじ　薄（すすき）生ひけり

在原業平が奥州の八十島に泊まったとき、野原で「秋風の吹き散るごとに　あなめあなめ」と和歌の上句を詠む声がするが、不思議なことに辺りに人蔭は無く、野ざらしの髑髏（どくろ）がひとつ転がっているばかり。髑髏の目の穴からは、薄（すすき）がにゅっと生え出ていた。その髑髏は下向した小野小町のなれの果ての姿とのこと。憐れんだ業平は、下の句「小野とは言はじ　薄生ひけり」を付けてやったと言う。荒涼たる野で、業平は髑髏と化した小町と思いがけない邂逅を経験した。なお、夢に小野小町の髑髏と知り、夢を確かめるために野に出掛けて小町の髑髏を見つけたとする一説もある。

小町伝説は全国に広がっており、墓も三十七箇所にあるとされている。

晩年の零落した小町のイメージは各地で作られた老小町の像軀であったという。わけても小町寺の俗称で知られている補陀洛寺（ふだらくじ）の小町像は、眼窩は落ち窪み、頬はこけてシワが何本も走り、衣の前ははだけて、痩せた胸には、あばら骨が浮き出ている。寺伝によれば、小町は各地を漂泊した末に、晩年、懐かしさから父が住んでいた落木、静原に帰り着き昌泰三年（九〇〇）にこの地で亡くなったと言う。その際の辞世は、「吾死なば　焼くな埋むな　野に晒せ　痩せたる犬の　腹を肥やせ」だと言われている。

ところで「花の色は」の歌碑のある随心院の老小

町座像の容貌は補陀洛寺の像よりは穏やかで、顔はシワだらけだが目は細く垂れ微笑んでいるようにも見える温和な表情である。

　また、落魄の小町は絵画の世界でも描かれている。「小町老衰図」に見られる小町には、往時の面影は全くなく、髪は伸び放題、全身痩せ細って皮膚はどす黒く、小さな腰蓑以外はほとんど全裸で、手には破れ籠を提げ、白い頭陀袋（ずだぶくろ）を負っている。顔面はとりわけ異様で、両眼は焦点の合わないままギョロリと剝かれ、両の頬骨はぼっこりと隆起し、だらしなく開かれた口からは乱杭歯が覗いている。そして、更なる「九相詩絵巻」によると、痩せ衰えてゆく小町の屍体が腐乱していく様子が描かれている。

　なお、京都の妙性寺（みょうしょうじ）にも小町墓標があり、辞世も伝わっているが、補陀洛寺の辞世とは異なり、次の作品である。

　九重の　花の都に　住みもせで　はかなや我
は　三重にかくるる

　三重と言うのは京都の大宮町近辺の旧地名だと言う。それにしても、冒頭の辞世とは余りにも違うことに改めて戸惑いを覚えるのである。

　さらに鎌倉時代に描かれた野晒しにされた美女の死体が、動物に食い荒らされ、腐敗して風化する様が描かれている「小野小町九相図」のモデルとして、小町の他に檀林皇后も知られており、両人とも「吾死なば」の歌の作者である、とも言われている。

　補陀洛寺（ふだらくじ）の住職に直接伺うと、「一説として、小町は晩年を流浪の果てに補陀洛寺に辿り着き、冒頭の歌を残していると言われている。しかし、小町の老後についての行動等については、古いため伝承の域を脱していない」とのことである。

　事実がどうであったかはおぼろげながら、小町姿見の井戸、小町化粧井戸、小町灯籠、小町供養塔などが現存していることを思えば、極めて信憑性があるという思いがする。

　補陀洛寺がある場所はひっそりとしており、気が付かないほどの傍らに、小町が頽れていた場面を想像するとき、伝承であろうとされる小町の冒頭の短歌は、まさに現実感を伴って、事実としての迫力を思わせるのである。いや、小町の伝承の影には、人々の智恵や願いが託されているであろうし、口承と書証の実態が反映されてもいるであろう。

冒頭の作品が小野小町のものかどうかは、あくまでもミステリアスのまま私の裡に留め置き、物語性を温めて仕舞い置きたい。

参考資料
・伊東玉美『小野小町』・尾崎左永子『古歌逍遙』
・片桐洋一『小野小町追跡』・佐藤卓司『小野小町再考』
・清水乙女『新古今女人秀歌』・錦仁『小町伝説の誕生』
・福井栄一『小野小町は舞う』・三善貞司『小野小町攻究』

（「えとる」二〇〇八年第18号）

空白・空間・空感の意味するもの

今回のテーマである空白・空間・空感を考えた時、寺山修司の言葉が思い出された。

〈ビニール傘の下にはいつも空白が降っている。
そこは私だけの孤独な空間である。〉

実に詩的空間のあるフレーズである。

空白・空間を考える時、短歌の定型ということと切り離しては考えられない。即ち、五句三十一音を旨とした定型に基づいて作歌するといういわゆる定型意識を年頭において考えるというものである。

ところが、定型という捉え方の意識が歌人により些か異なることも確かである。

土屋文明は三十一音の制約に拘らず、かなり自由な意識のもとで作歌している。

佐藤佐太郎は字余り、字足らずもなく三十一音でいくべき、という立場をとる。

塚本邦雄は五七五七七の約束には拘らないが、自在に変化させながら定型に近い一つの文体を確立している。

岡井隆は短歌は五音・七音・五音・七音・七音という一定の韻律をもった詩であり、日本語による言語芸術の一つであるとする。

佐佐木幸綱は千三百年の歴史をもつ「形式」として短歌の詩型を捉えたいとしている。

次に各々の作品に触れてみたい。

九十三の手足はかう重いものなのか思はざりき労らざりき過ぎぬ
『青南後集』土屋　文明

三十一音の制約に拘らない歌い方である。破調であるが、このようにうたうことで、独自の世界が醸し出されている。

憂(うれひ)なくわが日々はあれ紅梅の花すぎてよりふたたび冬木
『冬木』佐藤佐太郎

三十一音という定型を踏まえ、リズム感のある境涯詠になっていると言える。

革命歌作詞家に凭りかかられてすこしづつ液化してゆくピアノ
『水葬物語』塚本　邦雄

シュールな手法により、さまざまな読まれ方をされている。思想に支えられた技法により、定型に対して従順な姿勢が窺える。

歳月はさぶしき乳を頒てども復た春は来ぬ花をかかげて
『鵞卵亭』岡井　隆

人生への思いをうたう中で孤愁さえ滲ませており、

韻律の良さが引き出されている。

　父として幼き者は見上げ居りねがわくは金色（こんじき）
　の獅子とうつれよ
　　　　　　　　『金色の獅子』佐佐木幸綱

父性のイデアをうたい上げて怯むことのない詩型が保たれている。
　これら一連の作品には空白はないが、空間は充分に存在している。
　次に、空白の作品に触れてみたい。

　雲をやぶって月が　はしるはしる　まっしぐ
　らに空を　『ルドンのまなこ』加藤　克巳

　この作品における空白は、状況を素早くしかも速度を加えて表現されており、月がまるで意志を持っているかのように空に昇らせて行く。この場合、「はしるはしる」のリフレインの前後に空白がなかったならば、「はしるはしる」は弛み、ゆったりとした月の状態になってしまうだろう。

　疾風はうたごゑを攫ふきれぎれに　さんた、
　ま、りぁ、りぁ、りぁ　『朱霊』葛原　妙子

「マグダラのマリアに捧げる歌」としてうたわれており、疾風に引き裂かれたうたごえを空白をもって表現し「さんた、ま、りぁ、りぁ、りぁ」という亀裂による深い趣を出していて、特異性のある印象深さを内包している。

　おどろきて見ぬ青き棗の快活なる揺れやうは
　あなたであらむか　『黛樹』森岡　貞香

　この作品における空白の必然性は大きい。「あなたであらむか」に至るまでの心の動きには、時間が凍結したような、或いは時間が逆回りしたような不思議な言語空間があり、独自性を備えている。まさに

空白の美学といえよう。

　このように、空白そのものは決して安易に使用するものではなく、定型と格闘しつつ作歌していくプロセスにおいて、必然性を呼び起こしているのである。

　ちなみに歌壇二〇一一年三月号の〈アンソロジー二〇一〇テーマ別私の一首八〇〇氏〉における空白のある作品は五パーセント程度であった。

　私は自己の作品において、空白（一字空け）の作品が意外に多いことを認識し、その必然性に思いを馳せた。勿論、言葉の鬩ぎ合いの結果による一字空けを実行したのであり、その必然性こそが空白と言えるものだと信じている。

　空白には確かに言葉は見えないが、その前後の言葉をより深く、時にはやさしく包み込む何かが隠されているのである。そして、たとえ隙間の見られない繋がっている言葉と言葉の間にも空間は存在し、その空間によって味わい深さが生じるものと考える。

　そのような空白・空間は読む人の心にさまざまな形で滲透し、まさしくその人の心の中で醸成されていく。そして、その過程の中において空感は存在し得るのであろう。

参考図書
・現代短歌大辞典　岩波現代短歌辞典

（「えとる」二〇一一年第23号）

言葉の回復

――3・11以後の言葉をさがす

　穂村弘は「本の匂い」の中で人間の感覚や体験は具体的な体験によっても変わる、と思う。そのために、大きな体験をくぐった者は、程度の差はあっても以前の自分とは別人になってしまう。２０１１年3月11日以降の日本人はそのことを思い知らされたのではないだろうか。例えば、なんの罪もないはずのサザンオールスターズの「ＴＳＵＮＡＭＩ」という歌を、以前と同じ気持で聴くだけのことが難しい、としている。

　確かに、東日本における大津波の惨劇を報道機関により知った日本人には、「つなみ」イコール東日本大震災の惨事と結びつき、サザンオールスターズの唄う歌詞には結び付き難いことになってしまったのではないだろうか。サザンの「ＴＳＵＮＡＭＩ」の歌詞には「見つめ合うと素直にお喋り出来ない津波のような侘しさにＩ ｋｎｏｗ怯えてるｈｏｏ」で、ここには愛の切なさが唄われているのである。

　言葉は生き物である。従ってどうにでも変わることが出来るという可能性をも秘めもっている。多用なイメージを与える様々な言葉が、ある偶然により一つの事象に固定化してしまう。まさに今、「つなみ」がそうであろう。

　穂村の言うように、全ての表現はその影響から自由になることができないということが、今回の東北における「津波」により、明らかに実証されたといえよう。

　ところで、詩人でもあり作家でもある稲葉真弓は3・11の大津波の状況を「北の町の真昼が真昼ごとごっそりさらわれていった」「見えないギロチンが大地からせり上がり」とよんでいる。こうした発想と捉え方には、多くの震災短歌には見られない衝撃性が感じられて、詩の言葉の効力に思いを深くしたのである。

　一方、俳人の長谷川櫂は大震災から十二日間を詠んだ『震災歌集』を上梓した。今回の震災を詠んだ最も早い作品群であった。俳人である長谷川が、俳句でよむのではなく、何故短歌だったのか。彼は自問自答しているが、「理由はまだわからない、やむにやまれぬ思いというしかない」と書いている。

　七月の初めに〈今フクシマから〉というサブタイトルのついた合同歌集「あんだんて」第三集が送られてきた。会員は十一名であり、一人を除いては福島県南相馬市在住である。「あとがき」によると、福島第一原発から三十キロ圏内に住んでおり、チェリノブイリに匹敵するレベル7という実情から、ヒロシマ、ナガサキにつづく「今フクシマから」としたとある。だが、なかなか歌の詠めない状態の会員もあったと書かれている。しかし、として代表の遠藤たか子は、「どんなに苦しい作業であっても、少しづつなされる言葉の回復が、いつかは自らの回復につながるものと確信してこの集を出すことにしました」と、困難な状況を振り切るような力強い前向きのメッセージで綴られており、実に頼もしく、大いに勇気を与えられ、深い感銘を受けた。

ベクレルの潜んでいるか新緑を汚いものを観
るようにみる　　　鎌田智恵人

春夏のついに来ぬまま秋来たり我が住むまち
に若葉あらねば　　　同　人

放射能濃くただよへる村里をよぎる生死の水
際よぎる　　　遠藤たか子

両手延べ立つときふとも思ふなり被爆検査(スクリーニング)は
十字架のかたち　　　同　人

被災地からの痛切な生の声であり、ドキュメント性が強く骨身に浸みる作品である。ちなみに、会員の一人は津波に流され今も行方不明とのことである。

　大津波の第一報が放映された時の自然の驚異に、私は瞬間全く声が出なかった。言葉を失うということはこういうことなのかと後に知らされた。何回も繰り返し放映された大津波の光景が眼に焼き付いていて未だ離れないが、私の場合はあくまでも客観的な立場でのことである。故に現地の人々の悲惨さを想像は出来ても、実体験者との間には大きなギャップがあるわけである。メルトダウンの状況が明らかになって、その渦中にいる人々の思いは計り知れないものがあったであろうし、現在もそうした状況を踏まえて生活を余儀なくされている人々の言葉を拾うことさえはばかられる。

漫画家の、しりあがり寿は、大震災以降、震災のみしか書けなくなったと言っている。頭の中が震災で一杯なので、と。

3月11日以降の新聞のテレビ番組欄は、どこの報道番組も白抜きであり、かつて見たことが無い状況が続いていた。また、公共広告機構による「おはようさぎ」から「こだまでしょうか?」が日々何回となく繰り返して放映された。そのことの功罪は三ヶ月過ぎた頃から、明らかにされ初めてきた。3・11以後の言葉が、そして、そのニュアンスが大きく様変わりしてしまったことは否めない。津波による原発事故が発生し、メルトダウン、シーベルト、セシウム、建屋、などというかつて耳にしたことがない言葉が頻繁に使用されるようになった。

千年に一度という未曾有の大災害の前に、誰もが息をのみ、立ち向かう術を見失っていた。そして、しきりに発せられた言葉は、「想定外」という言葉であった。だがここに来て、新たに「安全神話」という言葉が浮上してきた。さらに、今回の原発事故は天災でなく、人災であるとの判断が強くなった。

私は、3・11以降、音楽も言葉も変容してしまったような感じがしている。というか、概念が変わったと言った方が適切なのかもしれない。

遠藤たか子の言うように、作品を生み出す苦しい作業が、いつしか言葉の回復に繋がり、しいては自らの回復に繋がるものと私も確信している。それは長い道程かもしれないが、言葉を信じ、自らを信じて前向きに歩んでいくことにこそ、意義を見いだしたい。

（「えとる」二〇一一年第24号）

叡知の結集からこそ
――うたの読み

「4℃ BRIDAL」が先頃長野市にもオープンした。このハイカラな店の名称に親しみを抱き店に入ると、ふんわりとした温かさと心地よい明るさを感じた。ケースの中には、ダイヤモンドや、ピュアプラチナの結婚指輪、婚約指輪が眩いばかりに納められていた。

「4℃ブライダル」はその読み方を「4度C」（ヨンドシー）と呼称する。通常、ジュエリーブランド名称には、立ち上げたデザイナーの名前がそのままブランド名として用いられることが多いそうであるが、この店の場合はそうではない。そもそも、4℃とは、水が張られた湖の底の温度だという。水中の魚にとっては、唯一、魚が棲息できるいわば「安息の場」が4℃であり、きびしい環境にあっての潤いそのものを意味するという。この事を知り、4℃の持つ響きと意味合いに大いなる興味を抱いた。

一つの店の名称にも、さまざまな読み方と意味合いがあるように、一首のうたを如何に読むかということは、その一首とどのように関わるか、にかかっている。

このことはうたを作ることよりも遥かに難しいことであり、かつ大切な事であると思う。

私は、先ずうたを読み通し詠われている内容を素直に額面通りに受けとめながら、作者の意図の如何を探求する。例えば背景への広がり、主体性、キーワードがあるか、作品が今を捉えているか、など。さらに、広い視野をもって作者の心の水位にまで下りて行き、心髄に触れることが望ましいことと考える。

しかし、私がその折にいつも躊躇するのは、どの辺りの水位の深さで味わうのが良いのか、ということにある。

疾風はうたごゑを攫ふきれぎれに　さんた、

まゝ、りぁ、りぁ、りぁ

若い頃、はじめて読んだ葛原妙子のこのうたに、私は大層魅力を感じたものであった。それは「さんた、まゝ、りぁ、りぁ、りぁ」という表現方法にであった。短歌でこういう表現ができるという奇抜さに触発されて、昭和四十九年に刊行された『葛原妙子歌集』を読んだ。しかしながら、うたの内容が難しくて、当時は表面的な意味合いしか摑めないでいた。

前出のうたについて言うと、急に激しく吹き起こった風が歌声を攫って行く。すなわち、疾風により歌声をかき消されて行く状態である。下の句から、この場合の歌声は讃美歌であろうと思った。この「さんた、まゝ、りぁ、りぁ、りぁ」の歌声は妙に聖らかで、その響きはいつまでもずっと続いていくような広がりのあるイメージを感じさせている、と読んでいた。

後年、他の歌人の作品鑑賞に触れてみて、その読みの深さに改めて思いを深くしたのである。

馬場あき子は『現代短歌の鑑賞事典』の中で、次のように鑑賞している。

強い風が賛美歌の斉唱を攫ってゆく。サンタ・マリアと歌われたはずの声は千切れ、きれぎれに耳に届くのだ。この歌の背景となっているのは葛原の孫の洗礼の場であるという。クリスチャンではない葛原は生まれて間もない赤子を受洗させることに違和感を覚えている。赤子が背負う神との契約という運命。葛原はそれを重たく悲しいものとして感じているのである。しかしそうした具体的な背景はなくともこの歌は強い力で読者の心に染みてくる。(中略)下の句がいつまでも耳にのこる。と結ばれている。

稲葉京子は『鑑賞・現代短歌　二　葛原妙子』で次のように鑑賞している。

(前略) 敬虔な受洗の式典に、マリアをたたえる歌声は朗々として長く響く筈であった。しかし、葛原の耳には清らかな歌声を、かき乱す疾風の音が聞こえはじめる。次第にその音は激しくなってゆく。神に帰依したことにより、受洗したことにより平穏に送れる人生でない、という論理が作者の心のどこかにひそんでいたのではなかろうか。疾風はいよいよ激しく讃美歌の響きを乱し、遂にマリアの御名をずたずたに寸断するのである。それはすべて作者の内側での出来事である。かなしみ深い歌だが、しかし歌そのものは永遠に、りぁ、りぁ、りぁと続いていくような美しく強い響きを持っている。（後略）

こうして、二人の鑑賞に触れてみたところ、ほぼ同じような読みをしている。実に奥行きのある鑑賞である。

うたの読みは、そのうたの前後の作品との関係をも含めて、極めて綿密に、なるべく広い視野のもとで言及し、時には、作者の思い以上に素晴らしい読みをして、作者を感激させることも出来るのである。

このように一首のうたを如何に読むかという問題は、どのように鑑賞出来るかということでもある。さらに、私が躊躇していた作者の心の水位の深さには、出来るだけ深く入り込むことが、その作品をより深く理解することになるのであろう。

しかし、そうは言っても、うたの読みをほぼ完璧に出来るということは、容易ならざることである。一口に読み、と言ってもそう簡単なものではない。長い間の修練と感性、デリカシーなど、総合された叡知の結集からこそ、そこに深い読みが生じるものと考えている。

（「えとる」二〇一三年第27号）

現代の叫び

テレビドラマ「半沢直樹」がこの度、最終回を迎えた。些か高揚気味であった自らを拭うことが出来なかった。

組織の中に巣くう上層部の不透明さを暴く場面に達するまでには、さまざまなどんでん返しもあった。しかし、理不尽は許せないという半沢の確固たる意志により、最後には倍返し、十倍返し、百倍返し、と叫び、幹部に土下座をさせ、不正を認めさせた。

ドラマとは言え、気持がスカッとして、半沢の叫び声が今でもその辺りから聞こえて来るような感じさえしている。半沢の叫んだ倍返しから派生して、倍返し饅頭が売れに売れているという。今や正に社会現象にもなっている。

「半沢直樹」の叫びは今、中国でも人気だそうである。

「叫び」と言えば、先ず思い浮かぶのがムンクの『叫び』である。ムンクの「叫び」が訴えているものは、欲望、不安、恐怖、嫉妬、孤独、死といった人間存在の内面的、心理的情況の象徴だと言われている。

だがしかし、現在は相手に向かって直接叫ぶなどということは余りしないようである。そのぶん、ブログ、ツイッター上で思いの丈を書き込み、呟くのである。

直接叫ぶことをしない現代。叫べない現代。だからこそ、多くはストレスという現象に陥っているのであろう。

短歌界において考えてみてもやはり皆おとなしい。時評などを見ていても、思い切った発言は極力避けて、婉曲的に、また、象徴的に書かれており、直裁に抉るような書き方をしてはいない。いわゆるスマートなのである。だから論争も起こらない。譬えあったとしても、余り印象に残っていない。

辛うじて記憶にあるのは、玉城徹と小池光の「プロレタリアとブルジョワ」の対論であり、もう一つには、坂野信彦と小池光との「深層短歌」論争であったように記憶している。
　こうした対論、論争が起こった当座は、この先どうなるのか、と興味をもったが、それも束の間で沈静してしまった。
　その後もときおり論争らしきものが短歌総合誌上に掲げられたが、著しい論争は記憶にない。

濁流だ濁流だと叫び流れゆく末は泥土か夜明けか知らぬ　　斎藤　史
白きうさぎ雪の山より出でて来て殺されたれば眼を開き居り

斎藤史は思いの丈をこう詠って、心の底で精一杯の叫び声を上げていたのであろう。

わたくしはここにゐますと叫ばねばずるずるずるおち行くおもひ　　奥村　晃作

叫ぶという行為をしないでいると、ずるずるずると落ちて行く思いがすると詠い、アンニュイを漂わせている。ここには、競争社会の一面が、そして、自己主張の一端を窺わせている。

悲しみの部屋を思へばことばなし　かあさーん　かんごふさーんと叫ぶ夜の声　　川涯　利雄

病室における夜の様子が伝わってくる。苦しさのあまり思わず患者が叫んだ言葉が「かあさーん　かんごふさーん」なのである。こうした叫びを聞かねばならない切なさはひとしおであろう。

緋の鯉の尾鰭しなひてがばといふ重き叫びを水はあげたり　　岡崎　康行

現実感のある作品のここでは、緋鯉に焦点を当てながら、実はそこに付随する水に神経を、心を傾注させて「重き叫び」とうたいあげている。こういう叫びもあったのだ、と改めて思いを深くしたのである。

耐へ得るざることあるときに樹は何と叫ぶのだらう風に向かひて　坂出　裕子

この作品の対象はあくまでも樹である。樹を主体として詠っているのであるが、しかし、この叫びは作者自らの叫びにほかならない。耐え難いほどの気持を鎮めつつ、その痛々しさは極めて象徴的に詠われている叫びである。

窓ごしにわたくしを呼ぶ声がして遠い閃光に影となる人　加藤　治郎

凄く怖ろしい光景である。原爆による一瞬の光景であろう。閃光により、人間が影となってコンクリートに刻印されてしまったのである。この影は決して消えることはない。声に出して叫ぶのでなくともこうした陰影により、心の叫びを発しているのである。加藤のこういう叫びこそ、むしろ深く心に響くのである。

一口に叫びと言っても、短歌における叫びには、声を荒げての叫び、また、声を鎮めての叫びなど、様々な叫びがある。どちらにしても、叫ばずにはいられない状況が伝わってくるのである。

一般論として、直接声に出して叫ばない心の拠り所を、ブログやツイッターに頼って、静かな叫び声を上げているというのは、些か陰険な感じさえしてならない。

叫びというものの本質には、鬱屈した心の内面から発生することが多い。しかし一方、喜びに湧いた心の高揚から自然発生的に込み上げてくるものもある。

だから、人はせっぱ詰まったとき、又は歓喜に満ちたとき、叫ぶことで、何らかの意志表示をしているのである。

　特に、高校野球やプロ野球に代表されるスポーツの世界で、勝利を得たチームにおける歓喜の様子には、実に純粋なものがある。声高らかに喜びの表情を表わし、上ずった声で思わず叫んでいる。その光景を見ている方も、昂奮して共に声を発している。それは実に自然な光景であり、特別に作られたものではない。

　だが、声に出して声高に叫ばないという現代の風潮は、表面的には実に穏やかな時代を物語っていると言えるのであろう。


（「えとる」二〇一三年第28号）

飢餓感の欠落
——現代短歌の諸問題

　いつの時代にも、その時代における短歌の諸問題は起こり得る。近代短歌においても問題はあったであろうが、ここでは現代短歌について考えていきたい。

　歌人としての自覚の背後には、言葉に対する意識を常に高めていこうとする思いが働くであろう。

　例えば、新聞記事のタイトルの一例として、万能細胞「ＳＴＡＰ細胞」についての三社の一面の見出しを見てみると、Ａ新聞では「刺激だけで新万能細胞」、Ｂ新聞では「万能細胞に新手法」、Ｃ新聞では「第３の万能細胞」とある。おおかた同じ内容のタイトルであるが、少しずつ印象が異なる。サブタイトルにおいてもＡ新聞は「ｉＰＳより作製簡単」、Ｂ新聞では「ｉＰＳより簡単」、Ｃ新聞では「ｉＰＳより容易」とされており、意味合いが若干異なって受け止められる。忙しい現代においては、タイトルのみである程度の内容を把握出来ることが大切であろう。

三社三様のタイトルと、サブタイトルにおける日本語で、どの新聞が最も端的に内容を提示し読者の理解に届くか、改めて興味深いものがある。

このことからしても、短詩系文学においては言葉と、その表現方法が最も大切な要素の一つと言えるであろう。

一、現代の短歌事情と言葉

歌壇では文語短歌、口語短歌、文語＋口語の混淆短歌など、現在は様々な形式の短歌がみられる。このこと自体について、その善し悪しを一概には言い難い。それというのも、現代はすべてが多様化の時代であってみれば、時代の趨勢に順応せざるを得ないという暗黙の了解のような風潮がひとつある。事実、新たに短歌を始めたいという人達の中で、文語で作るという人は十人に一人いるかどうかである。殆どの人達は、口語短歌であり、日常の話し言葉で作品を発表している。

ちなみに、今年のＮＨＫ全国短歌大会の大賞受賞者の作品は次のようである。

ア、九十四（きゅうじゅうし）の母のあっぱれジグソーの三百ピースの富士立ちあがる　森上美恵子

イ、君はつねゴシック体でものを言う疲れるだろう明日は雨だ　眞部　孝司

ウ、針生姜ほそく揃へて刻む夜別れてひとは近くなりたり　太田　宣子

エ、入院の忘れものはと問うわれに母は小さく口紅と言う　渋谷香代子

オ、母さんが子供の様に泣いた日に八つの私は同志になった　木下　英子

これらの作品について見てみると、ア、イ、エ、オについては口語短歌で新かな遣いである。唯一、ウ、の作品のみが文語短歌で旧かな遣いとなっている。

どの作品もそれぞれに味わいが深い。

このように本年度の大会大賞受賞者の作品においては、口語短歌が文語短歌より多い結果となっている。ただこれは、時折ある偶然かもしれない。一方、新聞の投稿歌を見ていて、口語短歌がかなり多く感じられた。さらに、結社誌、同人誌に到っても、口語の短歌の多さが目につく。こうしたことからも解るように、口語短歌が徐々に目立ってきている状況を窺い知る事が出来る。

短歌を始めた頃から文語定型派である私は、文語短歌にみられる緊張感と韻律の美しさにずっと魅せられてきた。だがしかし、今日のように口語短歌が増えてくると、知らず知らずのうちに、或いはふと、自分の領域に口語短歌が入り込み、文語と口語が混淆していくような錯覚を覚えることがある。それは口語の持つ軽やかさなのであろうか。

事実、目まぐるしく口語短歌が普及したことにより、功罪が生まれた。それは、今まで短歌を作っていなかった人々が短歌を作りやすくなったということである。反面、歌が平易で軽くなり、緊張感も韻律も度外視されている。中にはこれが短歌か、と思える歌も見られる。

ところで、「短歌研究」の二〇一四年短歌年鑑で文語と口語の特集アンケートが実施されている。男性と女性を合わせて二、二二八名によるものである。それによると昭和三十年以前の生まれまでは文語を選ぶ人が六割から七割を占めているが、それ以後に生まれた人は文語が三割以下となり、口語＋文語が三～四割を占め口語のみは二割以下となっている。

このアンケート結果から見えてきたことは、昭和三十年以後の人は口語のみで作歌していると思っていたが、文語をも内包して作歌しているということである。このことが私には意外性として映っている。

文語派でありながら、そこに口語を内包させて詠っている作品が総合誌に散見している状況から、そういう歌人が相当数あるように思われたが、実際には昭和三十年以前生まれの人については、一割にも満たないことが判明した。

正直私は、昨今の口語短歌ブームに押され、伝統詩である文語短歌が衰退しているのではないかと、危惧感を抱いていた。だが、今回のアンケート結果から想定するに、暫くは文語短歌は文語の持ち味を生かして、格調高くひびきの良い調べを見せた作品として詠われていくであろう、ということに幾分かの確信を抱き、幾らかほっとしている。

二、何を歌うか

短歌の世界において「何を歌うか」「どう歌うか」については、いつの時代にあっても、永遠の命題である。

佐佐木幸綱は、「現歌壇では「どう歌うか」に比重がかかり過ぎている。そんな今こそ「何を歌うか」をきちっと考えておくべきだと思うからである。きちっと考えるとは文学史の問題として考えるということである」。として「定型詩」と「伝統詩」の二面を言い、この二つの面との関連において考えなければならない、と述べ、歴史的にどう考えてきたかが重要なのである。と言っている。実に含蓄のある言葉であり、ここには深い思いが込められている。

ところで、昭和二十九年一月一日発行の「短歌」創刊號に、「短歌の新時代とその美學」と題して中川興一が伝統と形式の問題について次のように触れている。「恐らく今日の歌人にとっての最大の苦悶はそれが持っている傳統といふものの重さと、その形式の問題にちがいない。」

今から六十年も前のこうした発言が、六十年を経た現在に到っても全く古めかしさを感じさせず、むしろ現在を見据えていた中川興一の発言には大いに驚愕している。さらに中川は「私は今日の歌人が短歌というものに再び自信をとりかへし、一種の命がけでこれにとり組むことを希望せずにはゐられない」と述べている。

無償の芸術である短歌に対し、命がけでとり組むという価値観を、中川は短歌に言及している。その情熱的な姿勢に対し、私は中川への信頼の念を抱くと共に、その奥義（おうぎ）を感じざるを得ない。

真に文学をやる人達は、日本語に対してもっと自覚的にならなければならない、と思うのである。

三、短歌における助詞、助動詞の問題

文語短歌において最も大切なことは、助詞と助動詞の問題であろう。なぜなら、一つの助詞や助動詞の使い方により、作品の意味合いやニュアンスが変わってしまうからである。

身近な歌会での作品における助詞について見てみたい。

大屋根から根雪の落つる音ドドドーン春の近づくよろこびと聞く　　宮澤　洋子

「よろこびを聞く」と「よろこびと聞く」についてみると、「よろこびを聞く」は、大屋根から落ちる根雪の音により、春が近づいたというよろこびを感じた作者像が見える。一方、「よろこびと聞く」は、大屋根から落ちる根雪の音を、春へのよろこびとして聞いている作者像である。従ってこの作品の場合は、「よろこびと聞く」の方が余程効果的である。

たかが助詞の一文字の違いとは言え、その一首の作品が平板に終わるか、飛躍的な作品になるのか、実に微妙であり、重要であることが会得できるであろう。

次に助動詞について見てみたい。

寒の陽にあたためられつつ運転すこれから良い事たくさんあるべし　　大久保貴志子

ここで使われている「あるべし」の「べし」の助動詞について、単純に考えると「あるだろう」という当然を意味する助動詞として捉えることができる。さらに、「きっとあるだろう」、「必ずあるだろう」、「そうなければならない」など。さまざまな意味をもつ助動詞である。下の句の「これから」ということはその反語として、それ以前の負の状況を想定させているように思われる。従ってこの場合は、確実・

推量の助動詞として受け止め「きっと必ずあるだろう」とまで持って行きたい心情の意味合いをもつ作品である。

　こうして見てくると短歌にとっての究極は助詞と助動詞の問題であると言っても過言ではあるまい。

四、作品の表記と評価の問題

　短歌を作る場合、現在はどんな文字を用いても良いわけである。ひらがな、漢字、カタカナ、ローマ字、英語、フランス語、記号など、総合誌には様々な文字や、記号までもがお目みえしている。やはりこれが現代なのか、短歌も変わったものだ、とその都度思い返して見ている。作者の意志を如何に表すか、それは個性の問題なので、より個性的に自己をアピールするのは良い。しかしながら、どう見ても奇を衒(てら)うという意味合いにしか受け止められない作品には閉口してしまう。そういう作品が頻発しているという現象に、誰も鈴をつけることはしない。それどころか、そういう作品を評価しようとさえしている。そういう人の視点は一体何処にあるのか、何を基準に評価しているのか。今や評価の基準が揺らぎ、曖昧にさえなってしまっていると思えてならない。

　短歌が日本の伝統詩であってみれば、日本語を大切にして日本の言葉を駆使し、ひらがな、漢字を主体として、やむを得ない場合のみ、カタカナで表記するというものではないだろうか。奇抜で面白ければいいというものでは決してない。

　昔から、同じ土俵で勝負という言葉があるが、短歌が伝統詩であるからには、やはり同じ土俵で勝負するべきではないだろうか。

五、作品の批評の問題

　作品の批評について、しばしば言われていることは、批評の甘さであり、無難な批評で終わっているということである。具体的に言うと歌集評は概して社交辞令的で、良い作品のみを取り上げて褒め、作者が気にするような部分については余り言及していない。いかなる大家の歌集であろうとも、全ての作品において非の打ち所のない歌集などあり得ないと思っているので、些か醒めて歌集評を見ている場合が多い。ただ、稀には建設的な意見を率直に述べている歌集批評を眼にすることがある。そういう批評に出会うと、その批評を書いた歌人に信頼感を覚える。何とか少しずつ批評が立ち上がって来て欲しいと強く望んでいる。

　小高賢は「批評の不在」の中で次のように言っている。

「（前略）作品についても、評論についても、批評がなくなっている。同じ平面での議論がない。なんとなくスルーすることが多い。（自分もそのひとりかもしれない）。最近の若手の作品など、そのひとつだ（後略）」と。

　このように、ここまで見てきただけでも、現代短歌には様々な問題が山積している。

　私は、ある偶然から、昭和四十六年十一月号の角川の「短歌」を読んで、当時の作品批評に魅了された。その批評には甘やかしは一切なく、かなり厳しい批評となっている。有名歌人ですら酷評されており、思わず驚くほどである。しかしそこには感情を交えての厳しさなど全くなく、あくまでも知的判断による批評の厳しさである。ただ、稀には多少の激励が加わっている場面も窺えた。こうした厳しい場を乗り越えてこそ、一流の歌人として現存しているのであろう。

　ハングリー精神はスポーツの世界において、その技を磨く上で絶対的な条件となっているが、文学の世界においても重要な要素であろうと考えている。

　現代は飽食の時代であり、文化的にも物質的にも恵まれた生活に馴染んでしまっている。このことが、かえって短歌の追究における精神的な飢餓感の欠落を引き起こしているように思われてならない。

参考資料
・「短歌」短歌年鑑平成26年度版／「短歌研究」２０１４短歌年鑑

・「短歌」創刊一九五四年ベストセレクション／「短歌」昭和四十六年十一月号

（「えどる」二〇一四年第29号）

抒情の質の変貌

笠原伸夫が『抒情の現在』を刊行されたのは一九八七年の四月である。

その「あとがき」の一部に「……明治の末から大正へかけて、この抒情は確実に青春の詩型としてあったではないか。寺山修司や春日井建の青春詠を思いだしてもよい。」「さればいま抒情は鮮（あた）らしく、魅力的なのだ、という、抒情復権の声が聞こえてくるような予感がする。優しく、しかしどこか冷たいラブ・ソングの時代に入ったのか、とも思う。そのような予兆に対するわたしなりの見取図を示したのがこのささやかな試論である。」と述べている。

言うまでも無く、『万葉集』以来、短歌は抒情詩としての伝統を持ち堪えてきている。そこで、その抒情の質が時代の変遷により、どのように変化してきたのかを見てみたい。

　ひた走るわが道（みち）暗ししんしんと堪（こら）へかねたる
　　わが道くらし

斎藤茂吉の第一歌集『赤光』（大正二年刊）より引用。なお、大正十年に改選版がでており、それによると、「怺（こら）へかねたる」というふうに変えられているという。

　この作中における「しんしん」という副詞は茂吉の愛用語の一つであったというが、「しんしん」の意味あいと働きは一首の中で大きな役目を果たしており、何とも暗い感情の迸りが感じられる。

　　最上川逆白波（さかしらなみ）のたつまでにふぶくゆふべとな
　　りにけるかも

茂吉の第十六歌集（昭和二十四年刊）より引用。
「逆白波（さかしらなみ）」という新鮮さのある造語を駆使してうたわれており、結句を万葉集の典型である「けるかも」として上の句の力量により良く生かされている作品である。

　こうした作品にみられる抒情は、ナイーブな感性のみとは幾分異なり、精神性に起因しているように思われる。

　笠原伸夫は、「抒情が抒情としての鋭さ、勁さをもちうるのは、詩人が己れの生の実相を摑みとるちからをもつときであり、その内なる死と生の緊張関係を表現しうるときである。茂吉はそれを〈生（いき）〉ということばで表わそうとした。」と述べている。この件（くだり）には素直に納得させられるものがある。

　　あぢさゐの藍のつゆけき花ありぬぬばたまの
　　夜あかねさす昼

佐藤佐太郎の第五歌集『帰郷』（昭和二十七年刊）より引用。
ア音を主調として瑞々しくうたっており豊かで快

い。さらに、古語が蘇り二つの枕詞が緊密さを帯びて格調高い。あぢさゐの花の揺らぐ重々しさ、また、底に潜む悲傷と色調が単純化されている。

佐太郎は斎藤茂吉を生涯の師として茂吉の選を受けていた。ところで、佐太郎にはどのような抒情性をみることができるか。佐太郎はアララギ派の写実主義を受け継ぎ、写生を信条としながらも、純粋短歌論に基づく抒情性に富んだ新しい歌風を切り開いたのである。佐太郎は上京し大都会での生活が長かったので、都市生活者の心情の陰翳を清澄な眼差しで捉えている。従って、茂吉とは抒情の質が異なり、しっとりとした趣をみせているが濃彩色でなく、淡々しさのある抒情の質といえよう。

かなかなの今年のこゑよあかときの闇にとほ
ればわれは目覚めぬ

上田三四二の第三歌集『涌井』（昭和五十年刊）より引用。

この歌集には大患による自らの裡なる闇に対し、感情を研ぎ澄まして静謐にうたわれている。

さらに、手術直前の絶唱ともいわれている次の作品がある。

死はそこに抗ひがたくあるゆゑに生きてゐる
一日(ひとひ)一日(ひとひ)はいづみ

死と対峙した場面において、「一日一日はいづみ」と言い得て清浄さを醸し出し、感情を抑制してうたっている背景を思う時、自ずから寂寥感と透明感がうかがえるのである。

このような内省的な短歌抒情をうたう精神状態のありかを思う時、そこには鍛え抜かれたデッサンが思われ、心の眼の深さが思われるのである。

笠原伸夫は、今さしあたって福島泰樹の歌を一つの節目と考えてみるとして、かれより若い世代からどのような鮮らしい抒情がうたわれるか。と河野裕子の第三歌集『桜森』（昭和五十五年刊）より次の一首を引用している。

羞しさや　君が視界の中に居て身震ふほどに
君が唇欲し

この作品について、笠原は実に好意的な見方をしており、「ここには現在形のなまなましい息づかいが匂いたっている。……詩の形式そのものが、生きてうごいている。古さなど全く感じさせないのである。」と述べている。

まこと、冒頭に〈羞しさや〉という文字を駆使してうたい、一字明けして〈君〉を二回登場させている。

このことについて笠原は、〈君が〉の重層化によって生じる愛恋の韻きは、一首一行が完結した時に〈受肉〉する。としている。そして、「彼女の抒情は骨太で、それが身上」といっている。

確かにこの作品の場合〈優しさ〉でも〈恥ずかしさ〉でもなく、〈羞しさや〉でなければならない。だが、当時は〈羞しさ〉というような使われ方は現代の表記法には見られなかった。

笠原は、〈ことば〉が生きてうごいている。〈こころ〉が生きてうごいている。として、ある種のおどろきを感ぜざるをえない。と述べている。

いちまいのガーゼのごとき風立ちてつつまれ
やすし傷待つ胸は

小池光の第一歌集『バルサの翼』（昭和五十三年刊）より引用。

当初この作品を目にした時、「傷待つ胸は」と言うところを私は「傷持つ胸は」と早とちりして読みとっており、解りやすい作品でナイーブな青年の精神性に魅力を感じて口ずさんでいた。しかし再び読み返して行くと原作は「傷待つ胸は」である。

原作に立ち返って鑑賞する時、「傷待つ」というフレーズの意味するものの大きさを思い知らされてはっとした。

「いちまいのガーゼのごとき」という比喩の絶妙さもさることながら、「傷待つ胸」としたところがこの作品の骨子なのだと感じた。すなわち、今は何も無いけれど何れ予測もしないことが起こるのでは無いかという不安とか恐れとか覚悟をうたったのではないかとさえ思われる。それだけ哀しみの深さがインパクトとして伝わってくるのである。

この作品における上の句と下の句との整合性が実に見事に図られている。故に、純真な感性としての抒情性が伝わってくる。

笠原は「優しく無垢な感情が唱われていて現代の抒情歌とし出色のものといえる」と。

ところで、最近の若い歌人の作品に見られる抒情の質を探る意味で、毎年実施されている角川短歌賞五十首詠の受賞者について、その作品を見てみたい。

角川短歌賞は将来の歌壇を担う逸材を輩出したいという創設目的があるという。（年度により受賞者が二名の年があったがここでは一名のみとした。）

・平成二十四年、藪内亮輔『花と雨』より抄出。

傘をさす一瞬ひとはうつむいて雪にあかるき
街へ出でゆく

春のあめ底にとどかず田に降るを田螺はちさ
く闇を巻きをり

雨はふる、降りながら降る　生きながら生き
るやりかたを教へてください

この年の角川短歌賞の全選考委員が、この作者の作品五十首に最高得票を投じている。この事実は史上初のことであり、大型新人の登場として話題になった。

この作品を読んでいて気がつくことは、言葉とことばの間に余白が感じられ、ことばの響きが何時までも耳に残っているということである。従ってそこに抒情の深さが思われるのである。

・平成二十五年、吉田隼人『忘却のための試論』より抄出。

おしばなの栞のやうなきみの死に（嘘だ）何度もたちかへる夏
あをじろくあなたは透けて尖塔のさきに季節もまたひとつ死ぬ
思いだすがいい、いつの日か　それまでの忘却（わすれ）のわれに秋風立ちぬ

一連の内容は、交際相手が自殺したことを追憶している作品群で物語性がある。タイトルによる思いの深さも伝わってくる。

・平成二十六年、谷川電話『うみべのキャンバス』より抄出。

初恋を笑って話す輪のなかで胸が痛くて飲むサングリア
街角で突きつけられて飛びのいた　ナイフじゃなくて聖書（バイブル）だった
タイヤまで白い自転車はしらせる無職のきみを荷台に乗せて

それほど深いところでうたっているとは思えないがリアリティがあり一般受けのする作品だと受け止めた。

・平成二十七年、鈴木加成太『革靴とスニーカー』より抄出。

ミルクティー一杯分の眠たさをたたえて煉瓦通りのけやき
缶珈琲のタブ引き起こす一瞬にたちこめる湖水地方の夜霧
エクレアの空気のような空洞をもち革靴の先端とがる

誠実な詠い方で作者自身の世界をもっており、詩性も感じられる作品である。

・平成二十八年、佐佐木定綱『魚は机を濡らす』より抄出。

ゲームならゾンビが出てくるような角　曲が
って現実確かめている
愛憎の汁なし担々麺啜るテロのニュースの聞
こえる部屋で
自らのまわりに円を描くごと死んだ魚は机を
濡らす

少しざらつきのある作品だが独特の個性がある。
詩性は余り感じられないように見受けられる。

・平成二十九年、睦月　都『十七月の娘たち』より
抄出。

告解の少年少女を思はずも雪平鍋に口開く貝
きららかに下着の群れは吊されて夢の中への
虹架かるかな
円周率がピザをきれいに切り分けて初夏ふか
ぶかと暮るる樫の木

これらの作品における下の句への転換の鮮やかさが見事と言えるし、抒情の質が高いと思われる。

・平成三十年、山川　築『オン・ザ・ロード』より
抄出。

つぶれたる理髪店あり通学路なりし小道の曲
がり角には
折りたたみ傘を開けりベビーカーの立て掛け
てある壁にもたれて
表面に幾何学模様を刻まれて下水のふたは闇
を押さへぬ

実直にうたわれており、現実感の溢れた作品となっている。ただ、素材を掬いあげる視点の新しさということではそれほどでもない感じがする。

・令和元年、田中道孝『季の風』より抄出。

陽のあたるクレーンのよこで飯食えば雲雀が
空を押し上げている
カップ麺に茂吉秀歌をふたにして鵯（ひよどり）が来るべ

ンチに座る
振り向けば季節の風がかわるとき風のすきま
　に蜻蛉止どまる

属目がハイカラで無理のないうたい方をされており、かつ臨場感がある。そして、歌に柔らかさがある。

笠原の試論、『抒情の現在』には細部にわたり克明に認められており、当時を言い得ているように思われる。

笠原の言葉を借りて言えば「抒情は鮮らしく、魅力的なのだ」と現在の抒情の質についても思いたい。

そこで、ここまで見てきた短歌賞の作品から言えることは、抒情の質には柔らかさがあり、詩的な情緒が感じられる。いわゆる感傷的、哀愁的な抒情というような抒情の質とは異なり、現実感に裏打ちされた作品の上に見られる詩的な一面ではある。ただ、余りにも清澄であるが故に毒がない。もっと言えば言葉の緊張感が足りないと言えよう。作品が通俗に陥らず詩にまで引き上げられ、その上余白の感じられる作品となれば、その作品はさらに抒情の質を豊かなものにしていくものと思われる。

このことがまさしく現代における新しい抒情であってほしいと考えている。

参考資料
・笠原伸夫『抒情の現在』
・三省堂『現代短歌大事典』

（「えとる」二〇二〇年第41号）

一首の重さ

シンボリルドルフがめざましい活躍をして、多くの競馬ファンを喜ばせ、シンザンをこえた日本競馬史上最高の名馬だともてはやされたのは、つい最近のことである。

それはそれとして、何故シンボリルドルフはそんなに強い馬となったのか。一体どうしてこれだけの馬が出現したのであろう。単なる偶然とは思えない。その裏にどんなことがあったのか。私は大変興味をそそられた。

藤原龍一郎氏によると、この馬の生産者兼所有者である和田共弘氏は、馬の管理やトレーニングを、調教師にまかせきりにせず、自分の牧場につれ帰って独自の方法で行ったという。そのため、封建的な競馬サークルからは当然のごとくすさまじい反発をくらい、中傷、冷笑、黙殺など、ありとあらゆる悪意を浴びたという。しかし、和田氏は断固として自分の信じる方法を貫き、ついにシンボリルドルフという名馬を創り出したという。

人と変ったことをすることがよいということではない。

自己の信念を貫くためには、反骨精神をもって押し通していく強い意志が必要なのだということであろう。

我々はとかく良い面をのみ見て、その裏側にあるものを見失いがちである。

よい一首を生みだすために、歌人たちはどれほど目に見えない苦労をしているのか。私は今、そんな思いにいる。

私たちが、一生に一首、本当に自分自身に納得のいく歌を生みだすことは、そんなにたやすいことではない。どのような努力をしても、そうした一首を得ることができないかもしれない。しかし、不屈の信念と、持続の意志が、最終的には納得の一首を得ることに通じるのではないか、と和田共弘氏をとおして、改めて思うのである。

（「白夜」一九八六年六月号）

歌の原郷

テレビのスイッチを入れたところ、あるテレビ局のチーフディレクターが、一人の女優を発掘するまでの独自の方法を話していた。

ある一人を女優として抜擢しようとした場合、まずその人と一緒に食事をするそうである。それも焼肉を食べる。そして、食べている姿を正面からでなく、位置をかえて右側や左側から見る。そののち、褒めちぎるのだそうである。何故焼肉にするのか、というと、どんなに上品そうな人であっても焼肉を食べる時は上品に食べられない。そこにその人の素顔を見るという。また、人間は食事をする場合、食物をかむ側の頬は崩れているので、どちらが崩れて、どちらが崩れていないか、をはっきり見届けておく。それはやがて、ドラマをやる場合に役立てる。すなわち、ホームドラマをやる場合は崩れた側の頬を中心に写すと、暖か味のある顔がみえる。メロドラマの場合は崩れていない側の頬を中心に写すと、研ぎ澄まされた上品な、やや冷たい感じの顔が写る。そしてむやみやたらに褒めちぎり、その対応の仕方をつぶさに観察する。

この三つによって、一人の女優を発掘し、その特質を生かして起用するとのことである。

誰しも、人に見せ得る部分と、見せ得ない部分との二面性をもっている。

さて、こと短歌においても、文字で表現されていてすぐにわかる部分と、文字上には表われておらず、背後に深い意味を持たせている部分との二面がある。

その隠されている部分の、奥深いものこそが、歌の原郷のように思う。

我々は、歌の原郷を求めて、長い旅を続けている。その間には、思わぬ苦しみにぶつかり、時には、投げ出してしまいたくなることもある。しかし、この至難なことのために、心を傾注することが、大切なことだと思う。

（「白夜」一九八八年五月号）

残るものは作品のみ

マンガ家の手塚治虫さんが亡くなった。

彼は、「新宝島」「鉄腕アトム」「火の鳥」など、つぎつぎに作品を生み出し続けて、戦後の子供達に限りない夢と、ロマンをもたらしたのである。

彼は、マンガの神様とまで言われるようになり、今ある時代、更に、来るべき時代を予測し、時代をつねに先取りしたマンガを描いた。ことに、「火の鳥」は三十五年にわたり、多くの雑誌を転々としながら、しぶとく物語りつづけてきた。

——火の中に身を投じては生まれ変る、という伝説の、永遠の生命を持つ火の鳥。そのまなざしの下、限られた生命の中で、生き、死んでいく人間達。時の流れの中での権力の交代と社会の変転。気の遠くなるような過去から未来への時間の流れ、とあらゆる時空間を超えて展開される壮大な物語。だがこれを要約することは不可能だとされている。

彼の死後、当然のことながら思うのは、身は滅び果てても、残るものは作品なのだ、という深い感慨であった。そして、彼の偉大な業績を改めて思うのである。

我々は、月に何首かの作品を作り、発表している。そうした中で大切なことは、今の今しかうたえないこと、また、今、うたい残しておくべきこと、をしっかりとうたうということではなかろうか。

昭和は終りを告げ、平成に元号が改まった。時は刻々と変化し、ひところ通用していた社会通念とか、常識の尺度などまでも変りつつあるように思う。

そのことが良いことなのかどうか、はまったく別の問題であるのだが……。我々はそうした社会の中に否応なく生かされているのである。時代がどう変化しようと、身が滅ぼうとも、残るものは作品のみ、である。

だからこそ、今の今しかうたえない歌をうたっておくべきだ、といえるのかもしれない。

（「白夜」一九八九年四月号）

老いの短歌にみる〈深み〉

総合誌「短歌」では、老人短歌に関する特集がここ数年、毎年組まれている。例えば、〈老いの歌〉、〈短歌と第二の人生〉、〈老いと死生観〉、〈老いと孤独の歌〉、〈老いと性〉、など、その一端を示すものである。

考えてみれば、どんな人にも必ず老いはやってくる。そして誰しも、そのことから免れることは決してできないというのが明白な事実である。

わが国が高齢化社会に突入し、多くの面に関して問題を抱えていることは、周知のとおりである。そうした中で、短歌人口の老齢化が叫ばれているということも、現状の趨勢を反映しているひとつの現れであるといえよう。

こうした状況からみて、若い世代の躍進は短歌界にとって不可欠なものだと思うし、大いに歓迎されるべきであろう。が、しかし、老いの歌ということだけでなおざりにされ、片隅に追いやられるようなことがあってはならないと思う。

若い人の歌には若い人の歌の良さがあり、老いた人の歌には老いの歌の良さがある。従ってお互いがその良さを認めあいつつ、自己の歌の世界を構築していくべきではないか、と思うのである。

人生を長く歩んでこられた人達には、それ相応の人生の重み、深みがある。それらのものをバネとしてうたう時、そこにはおのずから老いた人でなければうたえない世界があるはずである。だから、むやみに目先の真新しいものに飛び付くのではなく、自らの歌をうたうために各人の歌をよんでいかれることが、やがては自己の歌の道の形成に繋がるのではあるまいか。

老境に入った歌人が、死の間際まで歌をよみ続けていたという事実は沢山あるが、中でも百歳を目前に、土屋文明がいのちそのものを確認するようにうたわれた恐ろしいような次の一首をおもうのである。

いつの間に時のすぎたる手も足も我をはなれし如き日続く

（「白夜」一九九二年三月号）

落日のかげに

夕日
沈みそうね
…………

これは辻征夫の詩「落日」の冒頭の一節である。この詩に初めて接したのは今から二十年前のことであった。その頃はただロマンティックだという印象のみで口ずさんだものだった。その後、長い歳月を経て、ふたたびこの詩を読みたいと思ったのは、辻征夫の急逝を知った後のことである。

優しく、さり気ない書き方の詩なので、迸り出た感情がすらすらと口をついて出てきて、それがそのまま表現されたものなのだろう、と全く安易に思っていた。ところがである。

彼の死後の追悼文に清水哲男は次のように書いている。「彼の詩作現場は文字通りの修羅場であったにちがいない。ここまで辿り着くには、書いては消す推敲と苦闘の連続だったと思う」と。私は思わず身震いがして襟を正した。さり気なく、優しく表現することの背後での作業に、どれ程の時間を費やしていたのか。また、そうした作業がいかに大切で、並々ならぬものであるのか。

辻征夫の生前の手紙文からも彼の詩精神は窺い知ることが出来る。

「詩人や批評家に、ぼくの詩がどう受けとられようと、どうでもいいと思っています。ぼくの詩に対するぬきさしならない考えは、詩というものは、その人間が自分自身の精神の最前線まで行って、自分の能力の限界と鼻をつきあわせ、もう歌い出すほかにはどうしようもない、という時にしか書いてはいけないのだということです。」

詩と短歌との違いはあっても、厳密なこの言葉を何回も復誦しながら、私は、己の作歌意識の脆弱さを恥じた。そして、ここまで、すなわちこれ程までに自らを凝縮させたところに生まれ出た作品こそが、真の輝きを放ち得る真実の尊さと知った。彼は他人に優しく、自分の詩作には厳しさを課したのであった。

（「白夜」二〇〇三年七月号）

失われつつある文学性

「不易流行」の言葉どおり、短歌の世界でも時代と共に変わるものがある一方で、時代がどう変わろうと変わらないものがある。いや、変わってはならないと思われるものがある。そのひとつとして、文学性があげられる。

ライトヴァースが話題になり歌壇がにわかに湧いた一九八〇年半ばのころから、一般の人々の間にも口語短歌がめざましい流行をみせ、短歌が誰にもうたいやすくなった。

その結果大いに短歌人口が増えたことは喜ばしいことと言えるかもしれない。ことに若い人々の間には、かつてのむずかしい感じがする短歌のイメージは払拭され、話言葉で簡単に、しかもわかりやすくうたう風潮が次第にひろがりを見せていった。しかし誰にでも受け入れやすくなった分、質の向上からみると、必ずしも良い方向に向かっているとは言い難い面も浮上したように感じている。

　日常をうたっても、時局をうたっても、何をうたってもいいのだけれど、それがただ事実を報告しているだけの作品や、面白おかしく言葉のみを並べたに過ぎない作品などの、文学性に乏しく軽薄で内容があまり感じられない作品からは、短歌の必要性などは何も感じられず、むしろ作歌姿勢に疑問をいだかざるを得ない。

　かつての歌人達はそれぞれに何らかの必然性をもって作歌していたと考えている。だからこそ内容のある、文学性に富んだ作品として、現在も多くの人々に受け入れられ、親しまれているのであろう。

　剣持政幸は「新短歌連盟会報」一五六号に緊急提言されており、冒頭で次のように述べている。

　　日常の垂れ流しのような歌ばかりが目立ってきているね。

　　最近新短歌について、そういう意見が聞かれるが、それは単なる雑言でなく、本当にレベルの低下が目立ち始め、十年前と比較しても作品全体の質の墜ち込みが激しいのだ。

　しかしこのことはこと新短歌のみに限られたことではなく、典型の短歌の世界においても言えるのではないだろうか。また、「梧葉」創刊号の中で栗木京子は次のように言っている。

　――自分自身も含めてのことであるが、最近の歌人は「わかりやすさ」とか「愛誦性」ということにいささかこだわりすぎているようだ。「難しいことを易しく、易しいことを深く」というのは表現の基本であるが、「難しいことを易しく」にとらわれすぎるあまり、易しいことが深くならずに単に「易しいことを浅く」表しただけの歌が氾濫しているような気がする。――

栗木京子のこの発言はやさしい言いまわしであるが、なかなか含蓄が深く、しかも的を得ていて、今後の作歌活動における大いなる指針として耳を傾けるに値するといえよう。

難しい作品であっても、易しい作品であっても、また時代がどう変わろうと文学性が失われた作品であってはならないと思う。そのため歌人には、さらに意識を高めて作歌していくことが望まれるのではないだろうか。

（「未来山脈」二〇〇四年六月号）

視点を変える

毎年、季節の変わり目には衣替えをするために、クローゼットの中の衣裳を入れ替える。ある時、屈んで目線を下に移し、吊してあるスカートを見ると、スカートの裾の糸がほつれて垂れ下がっていた。そのことを知らないでそのスカートを穿き、平気で外出していたことに思いを馳せ、冷や汗をかいた。

物事を見る場合、いつも同じ視点で見ていると何ら新しい発見はないし、大切なことにも気が付かずに見過ごしてしまう場合がある。このことは作歌の場合についても言えることで、一つのものを見る場合、ときどき視点を変えてさまざまな角度から見ることが大切であろう。

次の四首は「傘」をモチーフとしてうたわれている。

東京に捨てて来にけるわが傘は捨て続けをらむ大東京を　　伊藤　一彦

透明な傘をひろげてゆかんかなこの世の岸のけぶる際まで　　雨宮　雅子

水たまりのこして雨の去る広場空の色淡く透く傘かざす　　尾崎左永子

かざし来し傘を畳みて今われはここより花の領界に入る　　稲葉　京子

伊藤一彦の傘は、置き忘れたままになっている傘、すなわち捨ててきた傘もろともに、大東京をまでも捨て続けるであろうとする作者の暗喩の傘であり、雨宮雅子の傘は、命の終わる日まで透明な傘をひろげて行こうとする志の傘である。また、尾崎左永子の傘は、都会的風景のひとこまを思わせておしゃれに機能している傘であり、稲葉京子の傘は、さして来た日傘を畳み、桜花を踏みしめた途端、夢幻の世界に入るという暗示の傘である。

このように、「傘」をモチーフとしてうたっているが、作者の視点の捉え方や思想により、それぞれが異なった個性的な作品になっている。

（「白夜」二〇〇五年七月号）

スランプからの脱出

歌歴が長いとか短いとかに関わらず、突然歌が出来なくなってしまったということをしばしば耳にする。いわゆる壁に突き当たったということであろう。このようなスランプに陥った時にはどうすれば良いのか。スランプの度合いにもよるが、その脱出策にはいろいろあるように思う。

まずは、気分転換を図ることが考えられる。具体的には旅に出るのも良いし、映画や散歩、コンサートやショッピングに時間を費やす。

次に、短歌以外のものを読んでみる。例えば、小説や文芸雑誌、詩や俳句、料理やファッション雑誌、漫画本など。

さらに言えば、上手い歌を作ろうと思わないことである。

このように、気張る心を戒め、暫しの時間を短歌から遠ざかってみることである。

作歌方法にも個人差があり、千差万別である。原稿の締切り間際になった方が精神統一がなされ、時間を凝縮して作品を生み出すことが出来るという人もいれば、逆に締切り日が近づくと精神的に追われてしまい、歌らしい発想が全く浮かばないという人もいるであろう。

先頃、ある奇縁により冊子『空穂のことば』に巡り会えた。その冊子中の窪田空穂の次の一文がことに心に焼き付いた。

「好い歌なんてものがそう出来るはずのものではない。先頃正宗白鳥君の随筆を読んだら、人というものは何をしても、自分以上にも自分以下にも見せられるものではない、いつでも自分相応の事をしているものだという事を言っていた。好い言葉だと思った。言われて見れば、その通りだと思う。私は自分の歌が嫌いだ。好いものがあるなどとは思っていない。あるはずがないと思っている。しかし好い歌を詠める身になっては見たいと思っている。」

窪田空穂の文学精神と人間性が溢れた大家の含蓄ある言葉である。

（「白夜」二〇〇六年七月号）

自己模倣からの脱却

寺山修司の未発表歌集『月蝕書簡』が話題になった。これは寺山亡き後、秘書として仕事を支え続けていた作曲家の田中未知氏によって編まれた歌集である。そこには佐佐木幸綱氏による懇ろな解説がある。佐佐木氏は、『月蝕書簡』の印象を「既視感のある寺山のボキャブラリーでおおわれている感じ」で、「期待通りの印象と期待を裏切られた印象が半々」と、率直に述べている。

暗室に閉じこめられしままついに現像される
ことのなき蝶
父といて父はるかなり春の夜のテレビに映る
無人飛行機

どれも上手い歌だと思う。「暗室」の作品はいわゆる寺山ワールドと言える作品であり、「父といて」の作品はかつての寺山作品とは少し違った印象を受ける。いずれにも物語性が感じられる。もともと寺山作品は物語性を孕んでおり、それが特質となっていたとも言える。佐佐木氏の印象としての「既視感のある寺山のボキャブラリー」と言うことに触れてみたい。

歌人は誰しも自己模倣を虞れているだろう。しかし、長い間作歌を続けていると、多少に関わらず、また、気が付かないうちに自己模倣に陥っている場合がある。そして、それと気付いたときには激しい自己嫌悪に苛まされる。『月蝕書簡』には確かにかつての寺山ワールドの名残も見られるが、新たな一面の見える作品にも出会えたように私は思った。

寺山が自己模倣を嫌悪していたように、歌人は常にそうした心がけを忘れないことが大切であろう。

柴田典昭は「自己模倣からの遁走は想像以上に難しいことではなかったか」（まひる野二〇〇八、五月号）と述べているが、極めて確かなことと言えよう。

我々は寺山修司のように自己模倣を嫌悪し、極力脱却しようと挑戦し続けなければならないだろう。

（「白夜」二〇〇八年七月号）

詩的空間

作家の阿川佐和子は毎週土曜日の「サワコの朝」という番組でゲストを招いてトークをしている。相手に対する切り込み方と沈黙との間の取り方が実に絶妙であり、緊張感の中にも、面白さがあって、瞬く間に時間が過ぎてしまう。番組が終了した後に心に残っているいくつかのフレーズが後日ふっと浮かび、不思議な気分や余情を味わう事がある。

佐和子が相手から引き出そうとする言葉のうらには、自ずから余白の部分が計算されているようにも思われるのであるが、さりげなさが実に妙味である。

ところで、個人歌集などで一ページに六首とか十首と詰め込まれた歌集を目の当りにすると、その文字の多さにただ圧倒されて、さすがに作品の鑑賞意欲を阻害されがちとなる。だから、やはり空間が欲しいと感じたこともあった。ただ、その空間というのは、歌誌などの埋め草的存在の余白ということとは全く異なる。単なる隙間という現象ではなく、詩的空間的存在というものである。

作品における余情とか余韻を漂わせることの大切さは、小説や詩においてもさることながら、短歌の世界においてもさらに強調したいことである。

詩的空間というものは、何も言っていない部分、即ち沈黙の部分において生み出されるものであり、象徴的に表現して詠うというところにあるであろう。

従って、詠われた一首の作品がどれだけの想像力を掻き立ててくれるかにある。当然のこととして一首の中にあれもこれもと、事柄を詰め込み過ぎないことである。表現したい事柄を七分位に抑え、残りの三分程は余情としてとどめ、読者の想像の世界に委ねておきたい。

余白の大切さは理解していたとしても、いざ表現するとなると決して容易なことではない。しかし、味わい深い作品となる上での一つの主要ポイントとなるであろう。

（「白夜」二〇一二年七月号）

作品の読み

現代短歌の様々な問題の中で、作品をどのように読み取るかという問題は極めて重要であると思われる。しかしながら、昨今はこの「読み」ということが案外おろそかにされているように思われてならない。年毎に若い新しい歌人が輩出され、若者にスポットが当てられる。そのこと自体は素晴らしいことであるし、そうでなければ短歌に対する魅力もなくなってしまうであろう。

しかし、作品の「読み」に対しては、ことに心してかからないといけない。ただ、そこには結社によって、或いは個人の受け止め方によって、微妙な差違が出てはくるであろう。

一首の作品をどこまで読み取れるか、どこまで理解が届くかはその作品の背景や心といったものをどこまで鑑賞出来るかということに繋がるであろう。だが、忙しい現実の中でそれほど作品に対峙する暇がないというのが現実であり、歌人の実態であるのかもしれない。

「短歌年鑑」平成二十五年一月号の座談会「現代短歌の諸問題」の中で小島ゆかりの発言に注目した。すなわち、

> 例えば佐佐木幸綱さんも高野公彦さんも「読み」に対する警告を出しています。新人賞応募者、選考委員も、きちんと作品を詠まないで、ぼかした表現で、「何となくいいんじゃない」、「若い人の力で、勢いがあるから可能性を感じるね」ということでよしとしてしまう。もっときちんと一首一首を読むことが大切だという発言がありました。それは今、一番大切なことかも知れないと思います。

土屋文明のように「これは歌じゃない」とはっきり言える人が現代はいないようである。解らない歌を「いいんじゃない」などと安易に言ったならば、それは全くナンセンスである。短歌の私性、文学性、大衆性の価値観が変容してしまったのであろうか。一首の作品の良さが良さとして読まれ評価されているのか、危惧感を抱かずにはおれない。

（「白夜」二〇一三年二月号）

孤独の深淵に身を置くこと

晩秋のある日を、人影もまばらなあだし野の念仏寺の境内に佇んで、八千にも及ぶ石仏や石塔を前に、流れゆく歳月を、移り変る時代を、そして人のこころを思いつつ、私自身についての思いを重ねた。

降りこぼれた紅葉の葉が、石仏に触れるかすかな韻きが、何とももの寂しい。その寂しさの中を、私の情念はあてどもなくさまようのであった。

短歌とかかわりをもつようになった当初、私の内部におけるやるかた無いおもいは、何かを求めて、激しく燃焼していった。

うたうことにより、その激情は沈静し、少しずつ冷静さをとり戻したりした。又、うたうことによって、私は幾度か救われてきた。

だが、救われながらも、心のどこかで、いつも怯えていたような気がする。この怯えのようなものとは、一体何だったのだろうか。

それは、確たる短歌観も持たずに、短歌に足を踏み入れ、ただ無造作に時を連ねていることに対する不安と、感覚の乏しさや、表現意識の貧弱さからくる、やりきれぬおもいだった。何をうたおうと、いかにうたおうと、そんなことにはまるで無頓着で、ただ四苦八苦して作歌してきたことが、ひどく危ういものに思われたのである。私の根底にあるさまざまなおもいばかりが先走り、真に言うべきことへの追求が、なおざりにされているのではないか。又、ただやみくもに作歌していることにどれ程の意義があるのか。いかなる価値を見いださんというのか。

そんなことを考えた時、私は、果しないむなしさの中に引込まれていった。この果しなくむなしいもの。

これが多くの場合の、私の短歌の根源をなしているものであったような気がする。

さて、私はつねに絶対孤独の淵に身を置き、そこから歌い上げたいと願っている。
〈孤独〉の深淵に身を置くことが、私の作歌の土台なのだ、と自覚している。作歌に悩み、苦しみ、いくらあがいてみても、なかなか思うような何かを見い出せないでいるのだけれど、それでも尚、私は孤独に浸り、忍耐強く意識を輝かせるよりほかないのではないか、という気がする。

又、私は、いかなる場合に於ても、作品に関しては、私自身が責任をもって見てきたのであるし、それ故に責任のもてるものでなくてはならないし、かつ納得のできる作品でありたいものだと思うのである。

敢ていうならば、これが私の短歌作法ということなのである。

春にうつろい、夏に身を焦がし、秋に病み、そして静かに身を寄せる冬を目のあたりにしてしみじみ思うことは、好むと好まざるとにかかわらず、短歌とかかわりをもつようになって、いつしか、人間の本質にまで触れざるを得ないところまできてしまった、というこの現実に直面して、初めて作歌に対する懼れに気がついた。人間の本質をうたうために、自己の内面をさらけ出すことも、至極当然なことなのだ。

まさに沈もうとしている晩秋の陽光は、大自然の中に生きるものたちへの欠くべからざるものとして、力強く生き続けなければならないし、私は、私で、尚もうたい続けてゆくことであろう。

病んだ故に歌を始めなければならなかったことよりも、歌を始めた故に病まねばならなくなったことを、今、しずかにおもいみているのである。

（「白夜」一九七九年五月号）

坂の町さんぽ

尾道は坂の町である。

ロープウェーで千光寺の展望台に行くと、そこからは本格的な紅葉には少し間があるが、山肌の淡い錦絵に魅了される。また、しまなみ海道も一望でき、かつて瀬戸内海で最強であった村上水軍が、勇壮な海のロマンを繰り広げた瀬戸内の海が、眼前にきらきらと輝いており、昔に思いを馳せていた。

　文学のこみちを尋ねようと約一キロの道をひたすら下って行く。そこには、作家、詩人、歌人、の文学碑が二十五程立ち並んでいる。大きな石に刻まれた柳原白蓮の短歌「ちゝ母の声かときこゆ瀬戸海にみ寺の鐘のなりひびくとき」もあった。さらに、千光寺の本堂を下っていくと、「猫の細道」に通じた。猫の細道と称するだけあって、人一人が通れるほどの坂道がそこにはあった。この坂道の両側には福石猫や壁画が飾られており、極めつけは本当の猫が出てきたことであった。そのだらだら坂を抜け切ると、合間から突然目に入ってきたのは、何本かの大きな楠の木の大木であった。その楠の木は樹齢九百年ほどの威風堂々とした神社の御神木である。この神社を艮（うしとら）神社という。

　昼近くなった。尾道には有名な中華そばの店があると聞いていたのでその方角に向かった。勿論、その店は初めてであったが、探し当てるのにさほど時間を要しなかった。道路にはみ出している人集りが、目的の店であると確信した。まさしく間違いなかった。その人集りに吸収されるようにその列に加わった。凡そ六十人程が店からはみ出して道路に整然と並んでいた。その店こそ「朱華園」である。

　この店が何故こんなに評判になったのか、不思議に思っていた。店に入ったら、壁の銅板に作家、檀一雄の「旅」の一駒が紹介されていた。その一節に「……内海の魚に食傷気味の私は、久方ぶりに「朱」

と言うラーメン屋に入りこんでいって、ラーメンを喰い、そのうまさにびっくりした。尾道では、「暁」という、世界万国の洋酒をよせ集めた居酒屋と、この「朱」と言うラーメン屋に、おそれいったようなものだ……」とあった。こうした檀一雄の一文により、尾道ラーメンと言えば「朱華園」ということになったようである。

オーソドックスな醤油ベースのスープで、昔ながらの味がしており大きなチャーシューが細めの麺の上にどんとのっている。支那竹と葱に加えて、たっぷりの豚の背脂がコクのある味わいを醸し出していて美味しかった。店を出る時には更に列が伸びていて、凡そ二百人が並んでいた。

その店を後にして林芙美子の文学記念室に向かった。まず、石の階段の洗礼を受けた。やっとの思いで二百段を越える石段を上り詰めた時には、日頃の運動不足を思い知らされた。さらに歩を進めていくと、文学記念室の入り口の標識が目に入り、俄然勢い付いた。

そこには瀟洒な館があり中に上がらせてもらった。室中から外に目を転じると、尾道の町並が一望される素晴らしい景色があった。室内には林芙美子の書斎が忠実に再現されており、等身大の人物像も飾られていてより親しみが感じられた。

（「えとる」二〇一四年第30号）

湖畔探訪

長野県の真ん中にあって、本州の臍と称されている諏訪湖は、全面結氷した時に生じる「御神渡（おみわた）り」の珍現象として知られている。また、この湖畔には「御柱大祭」として知られている諏訪大社もある。

諏訪湖周辺には豊かな温泉が湧いており、旅館やホテルが集中している。上諏訪には、歌人や文化人に親しまれた格式のあるホテル「ぬのはん」がある。ここには赤彦、茂吉をはじめアララギ派の歌人が常宿していた「離れ屋敷・赤彦」という大部屋があり、島崎藤村、松本清張など多数の著名人が宿泊している。諏訪湖は岡谷市、下諏訪町、諏訪市に囲まれており、天龍川の源流をなしている。

この諏訪湖には大正十四年正月に、与謝野晶子が鉄幹と共に訪れており、次のように詠んでいる。

諏訪の湖天龍となる釜口の水しづかなり絹の
ごとくに

この歌碑は岡谷の〈希望の広場〉に建立されている。また、下諏訪寄りの湖畔にはアララギ派歌人、島木赤彦の〈赤彦記念館〉がある。建物は諏訪湖の丸太舟をイメージした外観となっている。赤彦は諏訪湖を望む山村に居住し、彼の心と眼とは明治、大正を通して郷土の信濃を根底に、ひろく日本の運命、日本文化の発展に弛みなく注がれていた。

赤彦は教育者として、信濃教育会に偉大な功績を残したことは勿論、根岸短歌会の伝統を信濃に継承して「日牟呂」を刊行、その後「日牟呂」と「アララギ」を合併してその育成に尽くし、アララギ派短歌会の基盤を確立した。次に掲げる作品は赤彦の主な作品である。

みづうみの氷は解けてなほ寒し三日月の影波

にうつろふ

信濃路はいつ春にならむ夕づく日入りてしま
　らく黄なる空のいろ

　このように、赤彦は近代抒情の礎を築き、写生に立脚した赤彦調を確立し、独自の世界を具現したのである。

　また、「われは湖の子さすらいの……」と広く愛唱されている「琵琶湖周航の歌」の作詞者である小口太郎の出身地が岡谷市であり、ノーベル賞の江崎玲於奈の揮毫によるこの歌詞碑が岡谷市の湖畔にある。その傍らには、旧制第三高等学校の袴姿の小口太郎銅像と顕彰碑が建っている。

　ところで、この諏訪湖では全国で有名になっている湖上花火大会が毎年八月十五日に開催され、五十万人からの人で賑わう。湖上に上がる花火の美しさと規模は、日本一との定評がある。

　私はかつて、諏訪湖を一望できる高台の安らぎのある館に宿をとり、家族と食事をしながら湖上花火大会を観賞したことがある。夜空を彩る花火が湖面を照らし、一層の醍醐味と見栄えを増長している。特に、規模の大きな仕掛け花火の瀑布は、一見の価値がある。

　この度もこの高台の館に宿泊することにした。

（「えとる」二〇一八年第38号）

解説

歌集『夕日きてゐる』解説

岡井　隆

　伝田幸子さんとは「短歌ふぉーらむ」の会などでお会いして、その若々しく清々しいお人柄に接する折があった。

『夕日きてゐる』は伝田さんの第二歌集にあたり、第一歌集の『藍よりも』が昭和五十年に上梓されている。長野市に生まれ長野市に住んでおられる。主として「白夜」に所属しておられて作風もモダンなものが多いのではないかと予想しながら読んだのである。

　第一歌集の「跋」を宮原阿つ子さんが書いておられるが、「夢」という言葉がしばしばその作品にあらわれる。「夢」とか「憧憬」あるいはナルシシスムというのは女流の作品に必須といっていいほど必ず出てくる素材であり傾向である。

　第一歌集の『藍よりも』は童話的要素の多い、つまり少女の夢のような甘い歌が多いようにみた。また言葉の使い方もやや古典的というか近代短歌風（つまり現代短歌的でない）といえるのではないか。

　本歌集『夕日きてゐる』は題名からすでに口語調である。作品にはよりいっそう軽快になり、よりいっそう機知的、知的といってもいい作風があらわれている。

　巻頭の一首。

　　うたを恋ひうたを憎みてひとり来し薔薇園に
　　しげき薔薇の雨ふる

　薔薇園に雨が激しく降っているだけではなく、「薔薇園に」といっておいて、もう一度「薔薇の雨」と強調している。こういうところがこの歌の特徴であろう。「うたを恋ひうたを憎みて」といっている「うた」というのはおそらく短歌の意味であろう。短歌に対するアンビバレント（両価性）な感情というのは誰しも持っているわけで、それを歌の材料としてまとめたものを第一首目に据えているのは、ある意味では作者の短歌観宣言といってもいいのかもしれない。それにしても軽快で甘く、しかも伸び伸びとうたわれている。

　薔薇買ひて誰に与ふと言ふでなく海に向ひて
　　手を振りてをり

女性的な身振りであろうか。「誰に与ふと言ふでなく」などということをわざわざいうわけである。読んでいて楽しくなる歌といっていいだろう。

　鬱屈しゐるは心のどのあたり水際にきて芹の
　　根洗ふ

「心のどのあたり」。これは心のどのあたりかという意味である。こういう三句の切り方、下句の具象へのつなぎ方。この技法もあざやかといっていいだろう。

「銀やんま」という一連がある。

　行く先を見届けるまで追ひかけよ　夏野夏雲
　　追ふ銀やんま
　銀やんま秋の野を群れわが思ひ高原に来て不
　　意に翻る
　欲すれば腕を与へてくるるやうな愛に溺れゆ
　　くことうとましき

三首目の歌はかなり字余りであるが、そこにまた、作者がある意志を持って愛を選ぼう、あるいは自分の立場を選ぼうとしてもがいている感じがでているのではないだろうか。淡々とうたって甘美だというだけでなく、すこしずつ人間関係に対して自分の立場なり意見なりを歌の中に身振りとして表していこうとする作風である。

　夕されば満ち来るもののまだあるとブラウス

換へて海を見に行く

この歌は伝田さんの作風の一典型といっていいのかもしれない。

氷片のごときかなしみ伏せおきて雨に濡れた
る夕刊を抱く

まとめ方としては一つのパターンかもしれないが、作品の完成度ということになればきちっとでき上がった歌といっていいだろう。

ある種の観念を先行させるというロマン派特有の歌い方が目立つ作者ではあるが、

不可解な実存のごと暗がりにぶらさがりゐる
裸電球

桃桜身のほど知らず咲くからに亡びののちの
悔い深からむ

というような作品はいい意味での観念性、あるいは思弁性といったものが一種の軸となっている例であろう。

息つめて見つめ合ふときよぎりたる暗き戦ぎ
を翳とぞ呼ばむ

たくみで、しかも気持ちのいい作品である。

楓若葉照りかげりつつ果てしなく獅子の口よ
り水流れをり

客観描写のようにみえるが、素材の切り取り方があざやかで私の好きな歌である。

幼子は幼児同士遊びをりわれは滴るみどりを
恋ひき

ふくらみのあるいい歌である。

心をどりてかつては弾きし漆黒のピアノも人に譲りて寂(しづ)か

これも余韻のある作品である。

柑橘をむきつつわれの感情は濁らぬ人の心を欲す

青葉闇ぬけ来てふいに海ひらけ波のことばにわがこころ和らぐ

この歌は下句ですこし不器用な止め方をしているが、感情はよくでている。

朝霧に林は濡れて杉の葉の昨日より今日みどり深まる

男らが日常に負ふあやまちを見逃してやるカレー食べつつ

あとの歌はアイロニーの効いた作品であろう。

バスタオル纏ひしままの長電話足を交互に組み替へながら

ぽきぽきと木の枝折りて束とするこころといふは束ねがたしも

吹雪く夜を梁に吊られて塩鮭が乾きてをりぬ男は眠る

明暗の直中(ただなか)に首ひき入れてさびしく吠えよ男といふは

女の側からの批評、要求がある。厳しい視線がありながら、どこか伝田さんの作品には一生懸命さというものがあって、白々しい単なる批評というレベルではないものを感じさせる。つまり、心の温かみということであろうか。

集りて皿の青菜をつまみ合ふ家族(うから)それぞれの世界より来て

情念は静かに夜半を眠りをり乾きゐる手は胸
　におきつつ

「家族」という一連の作品だが、広がりのある世界を描いているではないか。

爽やかに芽吹かぬ春のものおもひ青杉は今朝
　も雫してゐる
いつもとは何かが違ふと思ひしが君にはやは
　り眼がふたつ

単にすぐれた作品というだけでなくて、言葉の斡旋の仕方にもこちらの情感を刺激してくるところがあり、私は楽しく読む。この「家族」という一連は、引用しなかった作品も含めてすぐれた作品群ではあるまいか。

雪の上にまた雪降らす天上の深き割れ目を今
　朝は憎みぬ

信州は、さまざまな意味で歌の背景風土としては羨むべき土地である。しかしながら、そこに住む人の心はこれまた他郷の者からうかがい知れない深みを持っており、伝田さんもさまざまな困難に耐えながら生きてこられたのであろう。父のことをうたった作品、信州的風土を背景にした愛の歌もすぐれた成熟を示している。第一歌集『藍よりも』をはるかに越えた世界に作者は入っていっている。

薔薇棘と薔薇の花との感覚の相違に今朝はま
　ざまざと覚む

薔薇の歌であるけれど、本歌集の第一首目にあったような薔薇の歌に比べると感覚の上でも歌の構成の上でも深いところまできている。

燃え盛りゐる鶏頭よ敗者には敗戦語る言葉が
　ありて

あなたから逃れてしまふのではなく波立ちて
ゐる菜の花見にゆく
あつけらかんと空を見上げてをりしかど逃避
行すべき飛行機は来ず

三首目の歌などは、かなり切羽詰まった状況における愛の歌という感じがするが、ユーモアさえでている。
全体にロマネスクの味も濃いし、おもしろい歌だといっていい。

なれ合ひのきれいごとにて終りたり男と女
蒼々と空

あらずもがなという一首である。歌の中で自分でこのようなピリオドをわざわざ打つ必要はない。下句は読者の想像に委ねた方がよかったのではないかと思う。

手厚くも手荒くもされ太りたる腕(かひな)を湯殿の鏡
に写す
六月の森くらぐらと繁りをり産まざりし子の
笑ふは何故か
産まざりし子の舌先は桃色に笑ひをり　暗緑
の樹樹の狭間で

「産まざりし子」。産めるはずであったのに、ある機縁によって産むことがなかった子どもというような意味であろう。こういう歌は私たち男性には作ることのできない作品といっていいであろう。しかも、その産まざりし子の舌先が桃色に笑っているというところには、また先程からみてきた作品とは一味違った暗い情念的なものが混っているように思う。

黙契の地としてつねに恃み来しこの河永く守
らねばならぬ
カタクリの花の包みをひもとくに暗き饒舌の
ふるさといづる

この二首は信州の風土、そこに生きる人間としての覚悟のようなものを示しているといえる。

ホームにて見送られたるのちは雨熟れたる桃を打ち続けゐむ

「のちは雨」という止め方、切り方。それから「熟れたる桃」へと移っていくいき方。レトリックに一段と磨きがかかっている感じがする。

現代の女流作家の作品には多様化がみられる。その中で伝田さんの作品は、あまりちまちました小現実にはとらわれないで、ロマンな作風を押し通しておられるように思う。そして、それでいながら言葉の斡旋には気品があり、現代的な豊潤さも持っておられる。どの人も楽しみながら読むことのできる歌集ではないかと思う。歌数がやや多すぎるのではないかというような感じもしないではない。しかし、多年にわたる作品群であろうし、読者の方々もその紡ぎ出されてきた背景、時間を考えながら、ゆっくりと読んでくだされればいいのではないだろうか。

この歌集は編年体でないようだから前半、中葉、後半というように時の流れを読みとる必要はないのだろう。しかし、こうしてみてくるといろいろな試みをしておられて自分の心の底を言葉という器、短歌という器によって計ろうとなさっておられるのがわかる。

一人の信濃女の情念の檄というようなものを一冊の中に読みとることが容易なのではあるまいか。

すべての作品に触れ得ないのは残念ではあるが、この歌集を読んで得た私の感慨はほぼ、これで言いつくしたように思う。

（一九八九年秋）

歌集『ラ・フランスの梨』の世界

波汐國芳

伝田幸子歌集『ラ・フランスの梨』は、チェコスロバキァ出身の画家ミュシャ（アルフォンス・ムハ）の絵を挿画にした華麗な表紙カバーに包まれている。而も、絵の中の女性は著者自身をイメージしたと言われ、歌集そのものも著者の人間像を象徴し、極めて思い入れの深い本である。歌集は第三歌集であって、この本の前に処女歌集『藍よりも』と第二歌集『夕日きてゐる』がある。処女歌集は伝田さんの歌の源流に触れる思いであり、そこに遡って語るのが筋であるが、第二歌集には本当の意味で歌への覚醒があるし、また特に油が乗り切っているとも思うので、そこから書き起こすことにしたい。

第二歌集『夕日きてゐる』を構成している要素を大雑把に言って、A群（ソフトな抒情性）、B群（女性の開放意識）、C群（詩的濃度）の三つに分けて考えてみる。

A群（ソフトな抒情性）

薔薇買ひて誰に与ふと言ふでなく海に向ひて手を振りてをり

愛さるること悔しきや万緑の底にやさしく夕日きてゐる

夕されば満ち来るもののまだあるとブラウス換へて海を見に行く

B群（女性の開放意識）

バスタオル纏ひしままの長電話足を交互に組み替へながら

C群（詩的濃度）

霧晴るるまで足踏みて待たむかな踏みとどまれば詩失はむ

今だから言はむ秘めごと夏の闇鬼の右腕斬り

落し来し
産まざりし子の舌先は桃色に笑ひをり　暗緑
　の樹樹の狭間で

等、純粋でエロスの香り漂う詩ということを軸としつつも、口語的発想が顕著になり、現代の歌としての問い掛けと、それに応えようとする、実験的で真摯な態度が見える。例えば、A群の歌の上句「薔薇買ひて誰に与ふと言ふでなく」や「愛さるること悔しきや」等には、何故という疑問を抱くが、ナイーブな歌い口に運ばれて現代人間の不条理とも思える内面的混沌が顔を出している。又B群の歌では、女体があからさまに出ているが、嫌らしくはなく、魅力的でさえあり、男心を刺激してやまない。この品格のよい大胆さと奔放さに注目する。さらにC群の歌であるが、一層知的であり且つ詩的であって、いわゆる短歌的抒情性からは抜け出ている。特に「今だから言はむ秘めごと——」や「産まざりし子の舌先——」等の歌は鋭い感性によって、不可視の次元に異様で怖いような、密度の濃い詩的現実を克ち取っている。この部分は『夕日きてゐる』のピークであると思う。そして、此等三つの傾向が『夕日きてゐる』に於ける伝田短歌の柱になっていて、総体的にユニークで魅力ある女性像を創造している。そういう意味で、第二歌集『夕日きてゐる』は意欲的で熱く、よい歌集であるという私の評価は今も変らない。

　さて、第三歌集『ラ・フランスの梨』であるが、著者自身〈あとがき〉の中で「人生の折り返し点を過ぎた今、今の今しかうたえない歌を、と、そんな思いも手伝って、正真正銘の自らを出してうたえたように思います」と言っている。そこで、第二歌集で示された特性がどのように受け継がれ、展開されているかを確かめるのが本稿の務めでもある。

A群の変化（ソフトな抒情性）

　ラ・フランスの梨をねかせて五・六日うたの
　地平にすこし傾く

無鉄砲に逆（たばし）るわれをとほくよりやさしく辛（から）く手繰（たぐ）りゐるひと

夜の海何も見えねば船室にもどりて今日の化粧をおとす

若からぬ年寄りならぬこの身ゆゑ今やさしくも怖くもなれる

紫紺めく薔薇のピアスを春風に吹かせてひとり明日を拾はむ

冬枯れの信濃の森を抜け出てて日本海の怒濤を見に行く

A群の歌は伝田さんらしいソフトな身振りが出ていて、個性と思うまでになっている。中でも第二歌集の場合には「夕日きてゐる」の題になった歌が含まれているし、又第三歌集の題名になった「ラ・フランスの梨」の歌も勿論この分類に入っている。この題名の歌のソフトなところは両者に相通じるものがある。そして、第三歌集では、こういう歌柄の艶やかさを少しずつ内に沈めたかたちで、やや地味になってきている。代わりに深みを帯びてきているとも言い得る。一首目の「ラ・フランスの梨」の歌であるが、外物による刺激を受動的に歌うかたちから、内面的なものを押し出すかたちへと、一層積極的になってきている。摘果してより糠の中に四・五日寝かせたのち食べ頃になるという、ラ・フランスの梨に自己を重ねて歌うところには、伝田短歌を象徴したい作者（著者）の気持ちも隠されている。例えば「うたの地平にすこし傾く」が内蔵するものの中に、である。それだけに、洋梨の内面と著者の人間性とが一体になり、そこから醸し出される香気さえ感じられる。それが、二首目の歌になると、一層直接的に表現しようとする作家姿勢へと変って来ている。そして身振りのようなもの、虚飾のようなものを脱ぎ捨て、一層品位のある装飾性を克ち取りつつ、人間の核心、詩の核心に触れようとしている。また同時に客観的に見据えようとする歌にもなっている。そうした営為を繰り返すなかで、更に自己よりも脱出しようとする意志が働いた歌も見えて来るのである。例えば、六首目の歌の「日本海の怒濤を見にゆく」という一首がそれ。本音を歌っていながら、伝田さんのよい面がずばりと出てきているように思う。

B群の変化（女性の開放意識）

雪の日のものしづかなるたたずまひ蜜の香のする唇生れよ

われといふ一切を所有してほしく露けき朝の路地に髪梳く

摩訶不思議なる女心を見抜けざる男心をいとほしむなり

しなやかなけものといはれ苦笑する女ごころをゆめゆめ知るな

さみしさの真髄として魔羅をよみし石田比呂志の真顔にふるる

闘へるだけの余力を蔵しつつ常にしをらしく咲く私は

戦後の女性の魅力の一つは開放性ということにあるが、伝田さんも、そうした魅力を持つ一人である。一首目の歌に於ける「蜜の香のする唇生れよ」という自己への希求は、男性を意識してのものであるが、開放的自我の根源より汲み揚げた美そのものである。又二首目の歌の「われといふ一切を所有してほしく」は、第二歌集のB群「バスタオル纏ひしままの長電話」の歌の延長線上にあることは勿論だが、赤裸々に奪われたいという気持ちの表現であって、例えば中城ふみ子の「音たかく夜空に花火うち開きわれは隈なく奪はれてゐる」や河野裕子の「たとへば君ガサット落葉すくふやうに私をさらって行ってはくれぬか」にも一脈通じるところがあり、大胆な自己開放と言っていい。しかも、それだけにとどまらず、受け入れる男性側を冷笑する自己を客観的に歌った作品も見せるのだ。四首目の歌の「しなやかなけものといはれ苦笑する女ごころ」には、強靱な心を持つ怖い女が出ている。これは伝田さんのしなやかさに包まれている本音の部分であり、可成り深いところでの自己把握であるが、知的な現代女性の典型が佇っているようにも思う。それから、もう一つ。五首目「さみしさの真髄として魔羅をよみし」の歌では、女性としては随分思い切った表現をしている。それだけにショッキングでもある。前歌集B群の分類の系譜である開放的女性が、このように大胆に男性を見る目にまで成長して来たことには注目しなければならない。と同時に男性にとっても驚異でさえある。といっても、六首目の歌に於ける「しをらしく咲く私」も同居している女性であることを見逃してはならない。つまりはその二面性の中にこそ、魅力は存在していると言ってもいいからである。

C群の変化（詩的濃度）

月光のさす仏壇にひざまづき過去帳をひとりひもときてをり

暮れ満ちし夜の蓮池にとほき世の光あつめて月水漬きをり

手術せしこととわからぬ母手探りて頭が枯れて木が立ちてゐるとふ

マッチ棒にて日がな一日遊びゐる母を嘆かず見つむるばかり

ひからびて死にし茂吉のうたことばそこはかとなく輝き出づる

第二歌集であげたC類歌群に見るような、強烈で実験的な詩的領域への深化発展への方向性は影をひそめ、平坦化して大人しくなった感じも受ける。それは加齢のせいでもあろうが、地味なかたちで歌の中の詩を見直す方向へと転換して来ていることを意味する。一方、それなりに深く物をみており、短歌に於ける詩というものを又別の次元から深めていると言っていい。

以上は前歌集からの発展継承の過程であるが、もう一つ、この歌集に於いて顕著になってきたものがある。それは歌壇意識ということである。例えば、現歌壇では軽い言葉遊びの歌が流行しているが、そういうもの（一首目）や観念が表面に出たもの（二首目、三首目）、また哲学名言的なもの（四首目）等、多角的に種々の実験が試みられている。次にその一部をあげてみる。

言茨（こといばら）、風説茨、恋茨、胸に刺されど血潮流さず

五月こそ鋼（はがね）なす恋　さみどりの野にひと知れずこころを溶かす

誰も居ぬ海の孤独をききにゆくげに柔らかしわれフリーダム

歓喜こそ奈落に通ず夜の更けとともに弾める失意のこころ

前向きに、意欲的に、このような実験に取り組む姿勢には拍手を送りたい。著者は「短歌ふぉらむ紙」等で書評を書いて来られた経緯から、歌壇の動き等に対して広い視野を持っており、こういうかたちで作品にも反映しているのだと思う。その意味では素敵なことなのである。ただ、冗漫に流れたり、説得力に欠けることになっていないかどうか、振り返ってみることも大切ではあるまいか。

次に歌壇若手歌人達からの影響も感じられることである。流行を吸収していってこそ、伝統も蘇るわけで、若者の作品等を許容して行く姿勢は好ましいことだと思う。

永遠の雲の造形おもはする三越デパートの包装紙こそ

「新聞は」と夫言ひ「歩いてきません」と歩いて来ない新聞にいふ

いつ見ても変らぬ景色　夕刊はポストに半分はみ出してゐる

はかなさを折線グラフに表はして春うつそみをうそぶいてゐる

今日的状況としてのさみしさを満たすといふかテレフォンクラブ

お通しの塩辛避けてタラバガニ食む舌先に宿る北方論

等であるが、口語的発想（口語会話体の導入も含めて）による軽い口調であり、ここには現代短歌の新方向を示唆するものがあるようにも思う。

とにかく、以上の歌を見てもわかるように歌壇というものの動きに対して敏感に反応しているのがわかる。そういう意味で歌壇的視野で物を見ている問題歌集と言っていい。だが、ここを潜り抜け、もう一皮剝いて内から輝き出すところの伝田さんを見たいと思うのは筆者ばかりではあるまい。それから、第二歌集の中で最も可能性を期待した強烈な詩領域への方向性という軌道は外れてしまっていることも指摘して置かなければならない。その一方で、次のような珠玉の作をなしたことは収穫の一つと言って差し支えない。

漫然とゐる昼日中逃げ水の中に消えたる真赤な車

無蓋車の長き連結を先導し今日の夕日の運ばれゆけり

はらごをあまた宿せるししやも食むわが現身に春嵐吹く

白壁のはたて静かな均衡を破りて散りしくれなゐ椿

高台に駈け来て沼を見下せば日々の拘泥は雲母のごとし

又、次のような、力を抜いた作品もいい。伝田さんの素顔が出ているからである。

苛立ちて真昼ありしが胡瓜揉み作りゐるときやさしさもどる

ところで、歌集カバー挿画のミュシャ（一八六〇―一九三九）は「線描と平面的表現に特徴づけられる装飾的なアール・ヌーヴォー様式の代表的画家」であるといわれる。著者が第二歌集に次いで第三歌集にもミュシャの絵を挿画として用い、それに惹かれ続けているというのは、何か通じ合うものがあるからであって、そのことがこの歌集の原点になっていると思えてならない。最初に絵の中の女性を見たとき、著者のイメージが浮かんだのだが、案の定、著者自身もそれを意図したという。そのことからも、著者がミュシャの絵に関わる思いの深さを知る。つまり、伝田幸子さんの個性の中に見る神秘的華麗さが、実はアール・ヌーヴォ的装飾性とどこかで繫がっているのではないか、ということである。とれあれ、しなやかさに包まれながら内面では今燃えている、魅力ある女性像をこの歌集の中に視た、と言って憚らないのである。

（「白夜」一九九五年一月号）

静と動との混在

——歌集『母のブリッジ』批評

外塚　喬

長野県というよりも、信州とか信濃の国という呼び名の方が、何となく郷愁を誘うものがある。こうした、かつての呼称で呼びたい県は数少ない。信州人同士は、意気投合すると「信濃の国」を好んで歌う。生まれ育った土地への執着心は、故郷を捨てて上京したわたしなどには、なかなか理解しがたいものがある。風土性ということだけでは片付けられない、何かがあるのだろう。

また、信州人気質などといって、勤勉、生真面目といった印象が素直に受け入れられている。こうした先入観は、なかなか拭いさることはできない。歌人も多い。アララギ王国などと言われていた時もある。島木赤彦、土屋文明をはじめとして、枚挙にいとまがない。

『母のブリッジ』の著者である伝田幸子は、信州生まれ、信州育ちの人である。そして、今も信州に腰を据えて作歌をしている。風土性が染みついているかどうかはわからない。年に一、二度くらいしか顔を合わせることはないが、大勢の人の中にあっても、どこか孤高を保っている人のように思える。だからといって人間が嫌いなわけではない。気さくな人である。

『母のブリッジ』に先行する歌集と今回の歌集では、作品から受ける印象が、少し異なる。四十年の勤めに終止符を打ったという感慨から来るのか。それとも、年々老いていく母への労りの気持ちの現れなのか。それは、作品が語っている。

ビル風に吹き上げられし髪の毛が涅槃に入りしやうに鎮まる

時間中に携帯電話の曲流る「運命」は小山さん「ドラえもん」は木村さん

パソコンに飽きたるわれは「カルガモ」のスクリーンセーバーに心憩はす

歌集の核になるものとして、仕事の歌が存在する。仕事があるからといって、家事や育児を疎かにすることは出来ない。仕事に生き甲斐を感じているときには、なおさらのこと、必死に仕事に精を出そうとしてしまう。また、作品にも詠まれているが、苛めやセクハラにも耐えてきているのだ。

一首目の歌。髪の毛が「涅槃に入りしやうに鎮まる」とはどういう状態なのか。涅槃はあくまでも比喩ではあるが、考えての比喩である。一度はビル風に吹き上げられたが、風のない所に来て、再び元の形に収まったということなのか。これだけでも歌にはなるが、そんな単純なことではないような気がする。涅槃は仏教における理想の境地でもある。また、消滅の意味をももつ。深読みをすれば、責めたてるものを風として捉え、逃れ得た時の安らぎを歌った作品としても鑑賞できる。鎮まるのは髪の毛だけではない。当然のことながら、心の鎮静をも示唆しているのだ。
　二首目の歌は、然もありなんという歌である。職場の状況が見えてくる。張り詰めた雰囲気を壊す、突然の携帯電話の着信メロディー。おそらく、作品に登場する小山さんも木村さんも実在の人物だろう。作者から見れば、いい年をしてと見る年齢であろう。瞬間を掬いとった作品であるが、アイロニーの効いた歌として面白い。
　高度成長期の職場には、算盤や電卓などが幅を効かしていたが、算盤などを使う人は、最近では、皆無といってよい。所謂、パソコンを使いこなすことが出来なければ、仕事が出来ないという状況になって来ている。パソコンを使うのではなく、パソコンに人間が使われているのだ。パソコンが机上にあれば、仕事をこなすことが可能な時代なのだ。パソコンに使われている退屈な日常。かといって、脱出することは出来ない。せめてもの慰めとして、スクリーンセーバーに心を癒す人間の、有りのままの姿が三首目にはよく出ている。

　歌集のもう一つの核となっているのが、母を詠んだ歌である。

日常は何気なく過ぐ　ＦＡＸを奇術と言ひて母は喜ぶ
死なれても死なせても困るたらちねの母に羽毛の毛布を掛けて
母といふ繭に抱かれわたくしは記憶をいっぱい紡ぎてゆける
干し物を叩きのばして干す母を背景に初冬の空の広がる
秋草はしづかに枯れて老い母に夢のかけらを残してゆけり

　ここに見られる親子関係は、実の母なのであろうか、義理の母なのであろうか。作品から受ける印象では、実の母親のような感じはするが、鑑賞をする場合には関係がない。要は、作品として一首が屹立しているかどうかである。

肉親を詠んだ歌は、とかく感情移入のしすぎが問題になる。肉親であれば感情移入があって当然なのだが、素材となる対象との距離をおいたところで現実を直視することによって、感情を抑えることができる。では、伝田の歌はどうか。感情移入など、心配いらないくらいさっぱりとしている。母を歌の主体にできるかぎりしないで一首を組み立てていく方法をとっているからであろう。表現は悪いが、母はあくまでも刺身のつまなのである。例えば、一首目の歌を見てみよう。「FAXを奇術と言ひて母は喜ぶ」は、この歌の肝心なところではあるが、伝田の狙いは「日常は何げなく過ぐ」にあるのだ。「死なれても死なせても困る」、「記憶をいつぱい紡ぎてゆける」と、本音を述べる。現実の母と娘の関係は、人も羨むほどの関係なのかもしれない。しかし、作品として構築する場合に、伝田は程よい母との距離をとっているのだ。このことは、女同士だから容易にできるのかもしれない。男だったらこうは詠えないのではなかろうか。

夕闇のしづかに迫る軒下にゆふがほひとつぶらりと下がる
銀杏並木ゆくふたつなる影と影かさなり合ひてゆふぐれ迫る

歌は、作者の自己主張であることは避けて通れない。ただ、主張があまり目立ってしまうと、詩的な感情が稀薄になり、読み手は作品の余韻を味わうことが出来ない。抽出した二首の作品に注目したい。一見なにげないような歌である。一首目の歌は、夕闇の迫っている軒下に、夕顔がぶらりと一つ下がっているというだけのことである。情景を捉えたといえば、ただそれだけの作品である。意味のないものに意味をもたせるのではなく、無意味のまま一首を構成する。何もない。しかし、何もないから読者はこの一首の内包する懐かしいような世界に心を休めることが出来るのだ。二首目の歌も感情がほどよく抑えられている。

駅前の広場のやうに懐（ふところ）の広い男を探しつづける

カルガモは雄雌同色　わたくしは私の色を纏（まと）ひ生き行く

夫のシャツ干しつつをりて私が妻でなくなる一瞬がある

　こうした歌は、先の二首とは作歌姿勢が異なる。結句において、「探しつづける」、「纏ひ生き行く」と、決意とも憧れともとれる言葉が使われている。一見矛盾しているかのように見えるが、伝田の歌に向かうときの懐の深さが為せる技なのだ。

『母のブリッジ』は、さまざまな方法を駆使した歌集とも言える。作品も生き方も、静と動とが混在している。長年の勤めを退いて、これからが伝田にとっては正念場ではないかと思われる。年齢的にも最も充実する時期。次の歌集では、伝田の作風が定着してくるのではないだろうか。期待したい。

（「白夜」二〇〇二年四月号）

蔵と林檎

――歌集『蔵草子』評

吉川宏志

『蔵草子』は、使わなくなって閉ざされていた母の実家の蔵を、五十年ぶりに開いたという体験を中心にして編まれている歌集である。作者は子供時代に、この蔵の中で遊んだことがあったという。古い物が押し込められた空間は、なぜあんなに不可思議な気配が漂うようになるのだろう。長い時間が経った物には、たとえ人工物であっても、霊気のようなものが宿るように思われる。

紙の雛ひらたく紐に括られて長持の中に横たはりをり

「蔵」という一連には、ストレートに「物の怪過（よぎ）る」と歌われている一首もあるのだが、そういった表現が使われていない歌にも、じゅうぶんにその感じがあらわれている。

「紙の雛」という題材がいい。「ひらたく紐に括られて」という表現によって、紙雛の紙の手触りがくっきりと伝わってくるのである。結句の「横たはりをり」もよく、ここにはかすかな擬人化があって、紙の雛が生きながら眠っているような雰囲気が生まれてくる。「横たはりをり」という動詞で物に生命感が与えられたと言ってもいいだろう。

そう言えば、この歌集の巻頭の一首、

満月の滑り込みしか大いなる朱欒（ザボン）は今宵光を放つ

も「滑り込みしか」という動詞がよく効いている。ザボンの木があって、ザボンの実とともに満月が照っている場面だろうと想像するが、「滑り込む」によって、情景に生きた動きがあらわれている。あとでまた触れることになると思うが、伝田さんには動詞によって、場面がいきいきとしてくる歌が多い。
「蔵」の一連に戻ろう。

「安政」に〈貞女を犯しぬ〉と記されし大祖父直筆の詫状出づる

能楽に興ぜしと言ふ大祖父の古き裃（かみしも）折り目の裂けて

安政というと十九世紀なかばごろ。百五十年以上前の時代である。一首目は事実だけを淡々と詠んだ歌だが、どんな事件があったのだろうかと読者に思わせ、印象に残る作である。こうした暗い情念を飲み込みながら、蔵は風土の中に立ち続ける。物には、過去の人々の感情が宿るのである。

二首目は、裃の折り目が裂けているという細やかな描写に味わいがある。長い間折られていたために、そこから生地が弱っていったのだろう。「能楽に興ぜし」というから、華やかな生を送った人だったのだろうが、今は古びた着物を遺すのみである。

寡黙なる父に近づき難かりき軍帽に染む微かな体臭

残されて多くを告ぐる軍隊手帳　父の直筆をいまは眩しむ

押入れの隅に仕舞はれ染み残る父の遺品のひとつ虎の絵

これは「蔵」とは別のところに置かれた作だが、やはり遺された物を丁寧に歌っているところに、しみじみとした哀感があらわれている。生前は「寡黙」であり、あまり会話をすることもなかったのであろう。ところが遺された物のなかに、かえって父の存在が深く染み込んでいるのである。軍隊手帳に書かれた言葉や虎の絵などから、子供時代には分からなかった父の別の一面が見えてきたのだろう。物を詠むということは、物に刻み込まれた過去の時間を蘇らせることでもあった。

もう五分早ければ雨に濡れざりき五分といふ
不思議な時間

時間といえば、このように何ともユニークな発想の歌もある。「五分」といふふだんは意識にのぼらない短い時間が、運命を大きく左右することがある。事故などでは、ほんの数分の違いが、生死を分けるときだってあるのである。「五分といふ」という字足らずが、時間の奇妙さを改めて感じたときの、はっとした驚きを伝えているようである。

こうした感性を日常に向けたとき、次のようなやわらかで新鮮な歌が生まれてくる。

暮れさうで暮れない夏の黄昏が好きと言ふから一緒に歩む

噴水の向かう側にも空ありて幼児（をさなご）やはらかきてのひらかへす

ゆふがほの刺身を食めば夕顔のだらりだらりが簾の向かう

馬蹄形の竹笊の上（へ）に盛られ来し蕎麦がわずかな水滴垂らす

相変はらずといふ日常にも晴雨あり今日は檸檬を多く買ひ来ぬ

雪上の見失ひがちなる足跡の途切れし先に梯子立ちゐる

馬の眼を初秋の風がとほりぬけ馬はしづかに鬣（たてがみ）おろす

母はこのごろ能楽師なるかスリッパを引きつつ歩くするりするり

一首目の口語調の優しい感じ。「好きと言ふから」のふわりとした言葉のつなぎ方がとてもうまい。

二首目は「噴水の向かう側にも空ありて」という表現が、当たり前のことを詠んでいるのだけれど、じつに詩的である。結句の「やはらかきてのひらかへす」も、どんな動作なのかはわからないが、幼児の身体の不思議さがいきいきと見えてくる。

三首目は「ゆふがほの刺身」という題材がなかな

かおもしろい。「夕顔のだらりだらりが」という表現もユーモアたっぷりである。「ゆふがほ」という古典的な言葉を用いつつ、現代的な新味を出している。

　四首目は私の特に好きな歌で、「馬蹄形の竹笊」という捉え方が楽しい。たしかに蕎麦屋には、そんなかたちの竹笊が使われているものだ。結句の「水滴垂らす」からも蕎麦のみずみずしさが伝わってくる。伝田さんは食べ物をとてもおいしそうに表現することができる人で、五首目の「檸檬を多く買ひ来ぬ」という結句も、「晴雨」との組み合わせがよくて、新鮮な味わいがある。

　六首目は雪の野の情景が絵画的に詠まれている歌。ぽつんぽつんと足跡がある向こうに立っている梯子の姿が、鮮やかに目に浮かぶ。その梯子をのぼって雪空のなかに消えていった人がいるかのようである。

　七首目も馬の存在が鮮明に見えてくる歌で、「鬣おろす」という結句が特に印象深いのである。私たちは「鬣なびく」「鬣そよぐ」といった慣用的な言葉でたてがみを表現してしまいやすい。馬の生態をよく見ている人でなければ、「おろす」という表現は生まれてこないのである。この歌でも適切な動詞の使い方によって、一首の生命感が作り出されていることがよくわかる。

　また八首目も、老いた母の仕草を、目に見えるように詠んでいる歌。結句の「そろりそろり」という字足らずにほのかなユーモアがある。この歌だけではなく、『蔵草子』にはさりげない愛情をもって母を見ている歌がいくつも見受けられた。

水漬(みづ)きたる赤きりんごにゆつくりと明るき秋
の陽は届きゐる
土砂流出の家屋の傍らにうづくまり新品種
「名月」の林檎をかじる

　この歌集には「傾く蔵」という一連があり、台風の土石流によって、蔵が崩れてしまったことが歌われている。あれほど長い時間閉ざされていた蔵がたった一日で壊れてしまう。運命の皮肉というしかない出来事である。

　けれども作者は、傾いた蔵のかたわらで林檎を食べる人々の姿を、とりわけ思いを込めて歌っている。この作者に食べ物の歌が多いことは前に書いたが、どんなに大きな事件があっても、まず食べることの大切さをよく知っている人であるから、こうした歌が生まれてきたのではないだろうか。水の中に沈んだ林檎の美しさを鮮明にとらえつつ、伝田さんは生きることの根源に触れているのである。


（「白夜」二〇〇九年一月号）

発光体の母を見守る娘
――歌集『蔵草子』評

沢口芙美

　歌集『蔵草子』は、作者の第五歌集で、二〇〇二年春から二〇〇八年春までの三七三首を収録。草子は「枕草子」などと同じで、冊子や書の意味で、さしずめ『蔵の書』あるいは『蔵の物語』という思いをこめた歌集題であろう。

　歌集題となった「蔵」一連からはじめよう。

　これは作者の母の実家（作者もその家で生まれた）の蔵で、一連によれば、「天保一四年建立」（一八四三年）の蔵で、五十年ぶりにその蔵の大錠が開けられるのに立ち会った場面を詠む一連である。天保時代に建てた蔵をもつとは、大変な大地主であったのだろう。百六十年も経つ蔵、何が出てくるのだろうと、作者はドキドキしたに違いないし、読者も期待に胸がふくらむ。

箱梯子のぼりし正面に糸繰り機、過去世の女人のふふみ声する

虫食ひとなりて果てたる顔なしの雛人形はあるひは霊媒（いたこ）

いつ誰のかざしたる鼈甲（べっかふ）簪（かんざし）かべつかふ色は浅黄に透けて

蔵の中にある品々である。糸繰り機は昔の女には生活必需品である。糸を繰って布を織り、その布で着物を縫った。

代々の女達がつかったのだろう。糸を繰りながら、様々に思いをめぐらせたにちがいない。鼠に食われて顔のない雛、誰の頭を飾ったのか飴色になった鼈甲簪、民俗資料館などで見るのではなく、自分に血の繋がった人々が使った物ゆえに作者には感慨深いものがあっただろう。中でも傑作は次の歌。

「安政」に〈貞女を犯しぬ〉と記されし大祖父直筆の詫状出づる

短編小説を読むような内容である。大祖父は女性問題で詫状を書かされた。詫状ぐらいで済んだのか、とその顚末が気にもなる。この大祖父は能楽にも堪能のようで、なかなかの遊び人だったのだろう。安政の時期も効果的。江戸末期で明治維新の胚胎期、世の中が変わりそうな、人心落ち着かない雰囲気は地方にもあったであろう。そういう血の騒ぎが女性問題を引き起こしたのかもしれない。時間の堆積に埋もれた品々が多くのことを語りかけてくる一連であった。この蔵はその年の秋の台風で土砂が流れこみ傾いたという。蔵の変転がこの歌集のテーマのひとつとなっている。

フリージアのやさしさを言ひ日めくりを今日も忘れずめくりゐる母

ほそぼそと生き継ぎて母身だしなみ欠かさず昨日　明日もありなん

熱帯魚こころに棲まはせをるならむ九十歳(きうじふ)の母が水仙咲かす

秋海棠咲き初(そ)め今年も健やかな母なりいまも発光体なり

ここに詠まれている母はとても個性的で魅力がある。毎日忘れずに日めくりをめくり、身だしなみを欠かさない。花の種子を撒き、水をやって花をそだてる。九十歳である。健康でもあろうが、それ以上に気力、よほど芯が強い方なのだ。そんな母を心に「熱帯魚を棲まはせる」、あるいは「発光体」と作者は形容する。いきいきと夢を追う熱い心を持っている人と見ているのだろう。愛情深い表現だ。しかし、その母も歌集の後半では、

嗅覚の失せたる母へ抱へ来し菊花一束しるくし匂ふ

少しづつ荷を下しゆく母なるか水遣りを止めゆふがほ見つむ

と歌われ、さすがに衰えをみせている。元気な姿の歌をみてきただけに、この衰え、じっと夕顔の花をみている姿の淋しさが、読者の胸にもせまってくる。先に蔵の歌について述べたが、この歌集に底流するテーマは、九十歳になる母の元気な、又自然に衰えてゆく姿を歌いとどめておこうとする作者の母に対する愛情であろう。

歩く髪、樹に立ち寄りておもふ髪、濃きさみしさに耐へてゐる髪

今日の髪きのふと異なり艶めける伽羅(きゃら)のかをりをすこし含みて

秋の髪長く靡かせ風に言ふなほしなやかに生きゆくべしと

伝田さんはストレート・ヘアーで黒く艶やか髪をしておられる。面長の顔にまっすぐな髪の印象が強いが、その髪には大変なこだわりがあったのだ。殊

に一首目、われ＝髪として髪を主体に歌われる。髪が歩き、髪が物思い、髪が寂しさにたえている。髪はわれの分身であるが、それだけ大切にもし、手入れを事欠かないのであろう。二首目の、伽羅の香りを含ませるのも手入れなのである。伽羅の香をかぎながら髪への愛着をつのらせる。長い髪をなびかせて生きる思いを語る。髪の愛着に作者のかすかなナルシシズムを感じるが、手入れを怠らないのは、九十歳になっても毎日身だしなみを欠かさない母に通じるものかもしれない。

熟れ杏子（あんず）ぽとりと落ちて転がれり時かけ育み
きたる生なり

行けど見えず歩を止（とど）むると見失ふ雨に烟れる
わたしの道は

やはらかな日差しのなかの秋の椅子われの行
方を見続けてゐるよ

一首目は下句が魅力的。熟れ杏子のことであり、又六十余年を生きてきた自身の思いでもある。なまなかには生きてこなかったという矜持が感じられる。二首目は、ひとつの道を究めようと誠実に向かう者には常に湧き起こる思いであり、共感する。そしてそんな自分の今後を見守ってほしいと秋の椅子に語りかける三首目が美しい。歩を止めなければ道はひらけてくるだろう。心に残る歌をあげておきたい。

ありふれたる朝ほど永遠（とは）を思ふなり師走やは
らかな雪が降りゐる

軽井沢の「沢」のあたりにゐし夕日走る「あ
さま」に追ひ越されたり

（「えとる」二〇〇九年第19号）

歌集『冬薔薇』評

藤原 龍一郎

母の介護とその死、そして信濃の風土への親和といったテーマが読み取れる一巻。その姿勢は歌人としてはもちろん、人間としてもきわめて誠実で率直なものである。

春の日に黄楊の小櫛を挿しやれば母は大正の雛（ひひな）となれり
われの個と母の個とぶつかり顛末を聞きゐるごとし枇杷の葉擦れが
もの静かなる母がしづかに逝きにけり霊柩車に母との最後のひととき

わずか三首の引用で語れるものでもないが、歌人の母への深い思いは感受できるだろう。大正生まれの母の像が一首目から想起される。二首目には介護の場では避けられない衝突が詠われ、枇杷の葉擦れという静物を提示することで、象徴化しえている。そして、三首目は母の死をみつめる娘の想い。上の句の「もの静かなる母がしづかに逝き」というフレーズの静謐さには母と暮らした長い歳月への愛情が籠っているにちがいない。

槍ヶ岳より湧き出で来たる梓川の穢れなき水を両手に掬ふ
高原に赤蕎麦の花咲き満ちて溶け込みをりぬ夕日のなかに
雪解水残雪の谷間ほとばしり信濃川の素顔見せ始む
安曇野のダム湖に飛来せし白鳥傷みたる翼つくろひてをり

槍ヶ岳や信濃川や安曇野といった地名がそれぞれの歌の中で息づいている。平凡のようでいて、実は奥深いところへ歌人の想いは届いているからだ。

これらの歌とは別に、私が面白いと思ったのは、歌人の名前が詠み込まれた作品の数々。

やはらかなガーゼのやうなる朝靄に拾ふ記憶は茂吉のバケツ

金田千鶴のふるさと泰阜（やすをか）村に見るはざかけの稲夕日浴びをり

葡萄棚の木陰に食みゐるピオーネは雨宮雅子の詠みたるぶだう

一首目は「茂吉逍遥」と題され、茂吉記念館を訪ねた際の連作の一首。極楽と名づけて尿瓶代わりに使っていたという茂吉のバケツを朝靄の中に回想する面白さ。二首目は夭折した金田千鶴の故郷の村のはざかけの風景。夕日の明るさが切ない。三首目は雨宮雅子の詠った葡萄を眼前にして、その歌人雨宮雅子のたたずまいを想起させる。

静謐な文体の歌の中に、母も信濃も歌人たちも、存在感を放っている。

（「短歌」二〇一八年一月号）

歌集『冬薔薇』評

波汐國芳

歌集『冬薔薇』（ふゆさうび）は、「凛として咲いている冬薔薇の姿」に託して自己を象徴的に詠みあげようとしたもので、打てば響くような硬質の韻律の響きと気品が感じられる。確かに冬ばらに違いないのだけれど、ふゆさうびとルビを振っており、文学的で、優雅な気持ちを出そうとしているというか、とくに何かこだわりが感じられる。言ってみれば古風で、奥ゆかしい呼び方ではあるのだが、こだわりは言霊への執着なのであろう。

さて、著者がこの歌集の底流には亡き母への思いがあるという通り、亡き母への鎮魂の思いがこめられ、透明な詩魂の昇華なのである。なぜなら、亡き母は優れた歌人であり、幼い頃から、その母によって培われて来た詩心の表白に他ならないからだ。巻頭に置かれた小題「一脚の椅子」の抒情は作者の詩心の根底にあるものである。先ず二本の柱ともいうべき二首を抄出する。

一脚の椅子はいつきやくの影を引き春の日差しの中に溶けをり

春の日に黄楊の小櫛を挿しやれば母は大正の雛（ひひな）となれり

二首は巻頭の小題「一脚の椅子」の中に置かれている。前者で注目するのは一脚の椅子が「春の日差しの中に溶けをり」というところ。感覚的受け止め方により、素材である個体が透明に液状化されている。それは作者の詩心の象徴に他ならない。そして、そこから伝田幸子の歌の世界は起ち上がるのである。なお、これに連なる、透明な詩性としては次のような作品を挙げることが出来る。

石ひとつ拾ひ上ぐればその石の存在ゆゑのか

なしみにあふ

きのふ来て今日もきてゐるしじみ蝶憩へる場所をもてる安らぎ

いつかしらミンミン蟬のこゑ途絶ゆわれの若さも失はれむか

どれほどの深さの甕を持つ人か慰藉なる言葉さりげなく吾に

戸隠の土の香のする茗荷なりわたしをこんなに穏やかにする

歩きつつ大切なことは言はぬこと立ち止まりし時秋は満ちをり

今生きて歩みつづくる歳月に人は小さな冬の駅もつ

これらの作品に見られるものは透明な詩性である。そして、この透明感は著者の視座を確固たるものとし、視えない世界への開眼に繋がっているといえる。

　また、冒頭二首のうち後者の「春の日に黄楊の小櫛を挿しやれば母は大正の雛(ひひな)となれり」における母は生前の老母であるが、黄楊の小櫛を挿してやると、古い雛人形のような気品ある表情を見せて喜ぶという。暗喩的に詩の次元に昇華させているのだが、背景には大正時代の黒い光沢の奥座敷も見えてくる。超日常的で、異界の人のような雰囲気が漂っているのである。その意味で、前歌集『蔵草子』における異界を垣間見る思いさえするのである。超日常的な次元で母を詠んだ作品といえる。そして本歌集でも、母を詠んだ作品には『蔵草子』での余韻を感じ取ることが出来るのである。したがって、ここで『蔵草子』にも触れて置かなければならない。

　著者の母の実家の蔵が五十年ぶりに開けられ、それに立ち合い、其処で著者が感じたものは、柳田國男の『遠野物語』をイメージさせるものであったという。勿論、著者の想像性が触発されての詠唱の世界なのであるが、それを今回の歌集では老いた生母に重ねて見ているのであって、詩的変換による超日常的生母像の創造といえるのである。

　一方、生活者としての母、つまり、日常的な生母像にも個性的詩性が窺える。抄出の巻頭二首の詩性から見れば、これらは歌集の底辺として、重要な位置を占める部分ということが出来よう。

母の手がサクランボひとつ抓み上げほほゑみかへす春のくちびる
時間外　人まばらなる病院に座しゐる母が小さく見ゆる
遠い時間を引き寄する母ねむりつつ両手泳がせ砂零すやう
行く先に明るい迷路のあるやうで母はこの世の出口を探す
暗い時代越えて生き来し母ゆゑに発光体となりてゐて欲し
さびしさのぽろりぽろりと零れ落つほほゑむ母の遺影を前に

これらは母に対する新鮮で、滴るばかりの歌い口を示すもの。例えば一首目の「サクランボひとつ」「ほほゑみかへす」「春のくちびる」から、滴り、迸るものは、著者の心情そのものであって、何とも新鮮な表象といえる。そして、これらの何れにも明るさが漂うのは、母を肯定的にとらえているからで、恵まれた環境の中で生活しているからであるに違いない。

次に死後の母を詠んだ歌と恐山の霊媒を詠んだ歌のそれぞれ一首を抄出する。

日本海の朝の浜辺を歩むとき渚を歩む他界の母見ゆ
ゆふぐれを白装束の霊媒とトイレに出会ふここ恐山

何れも他界関連のもの。前者は浜辺を歩いていたら、他界の母が歩いているのが見えたという。それは実の世界の表現ではなく、幻視の世界或いは超現実主義的詩的創造の世界であるのだが、暗喩的に断定したもので、伝田の意欲的方法が見える。後者は恐山の霊媒とトイレで出会うというのである。一首の中に母の文字はないので、純粋な旅行詠なのだろうが、それを超えて異様な雰囲気が漂っている。そこでは異界の空気を呼吸しているのであって、志向する抒情世界なのである。つまり、この世において異次元を詠い、他界を透視しているといえるのである。

霊媒は他界の霊との交信の仲介を務める者であり、常人を超える能力者であるが、詩人は常人を超える感性の持ち主であるとするならば、霊媒と通じ合う点があるといえよう。ここに著者の詩の世界を見るのであるが、冒頭の母の歌にも通じるものがあるといえるし、前歌集『蔵草子』の世界にも連なってくる。さらに、それは作者の教養の蔵の中に蓄えられた「遠野物語」のイメージにも重なってくる。そこが歌集『冬薔薇』の魅力なのである。

（「潮音」二〇一七年十二月号）

明るい迷路の先へ

——歌集評『冬薔薇』

加藤英彦

静謐な抒情を湛えた一冊である。人はどのようにしてこうした心の安寧に至るのであろうか。戸隠の風土がそれを育んだといえば短絡に過ぎるだろう。風土はひとりの人間に抜きがたい影を落とすが、その後の人生の芥はそうした風土の清新さを覆い隠して余りあるからだ。

屈曲のない人生などはない。そんな人生の澱を呑みこんで喜怒も哀楽もどこかで浄化してしまう回路を著者は生来的にもっているのだろう。この一集には疑いや邪念がない。すべては順接の微風を享けて美しいのだ。私などは、邪念や疑念の底にある深い悲しみにこそ文学の問いは潜んでいると思うのだが、それらはきれいに捨象されている。或いは、作者はどこかでその峰を超えたのかもしれない。

母の手がサクランボひとつ抓み上げほほゑみかへす春のくちびる

涙もろくなりたる母が虫食ひの栗を手にして切なさうなり

生きよ生きよと母をこの世に留めおく白粥ひかり椀に残れる

伝田さんの母の歌は美しい。あとがきによれば、在宅介護の極度な疲労から肺炎を患い、二か月ほど生死の境を彷徨ったというから介護の実態は想像に余りあるだろう。一首目、抓んだ一粒の桜桃はさながら可愛い女児の唇を思わせる。微笑をかえす母の口もともまた仄かに明るんでいるのだ。そして、二首目は虫食いの栗の実を手にしている母である。この母の切なさはどこからやって来るのだろう。虫や栗の実を通り越したその向こうにある深い哀しみの淵からではないか。そんな日常のさりげない所作を見つめる目に愛情の濃さを感じる。三首目、「生きよ生きよ」と祈りのように念ずるのは、作者であると同時にひと椀の「白粥」である。母はすべてを食さなかったのだ。自分の残生に必要な分だけを口にして、残された椀の白粥はしずかな光を放っている。それは作者の思いの分量と母のいのちの分量の差のように悲しい。

行く先に明るい迷路のあるやうで母はこの世の出口を探す

苦労してきた母の手だ節高き両手を胸の上にをさむる

母親は九十七歳で他界したという。私は伝田幸子の母を知らないが、一首目の歌を読んだとき見事な女性だと思った。自ら「この世の出口」を探そうとする母は、冥府の先にある迷路すらも明るい光のなかに見ている。そこには死へのある覚悟のようなものが感じられる。おそらく「節高き両手」を胸に組んで、母はその明るい迷路を渉ったのだろう。

知らぬ間に消え失せゐたる物干し止め夏草の
中に埋もれをりぬ
ゆふぐれはいつから何処よりくるならむ春の
岬にながく佇む
水楢の落ち葉にあそぶ猿たちに笑顔のあらず
　冬がまた来る

　ある日、物干し止めはそっと姿を消したのだ。姿を消したことすら気づかれずに夏草のなかで濡れていたに違いない。どれほどあるだろう、私たちの身の回りに。人しれず佇む哀しみや気づかれずに蹲る苦しさが。私たちは毎日忙しいのでその小さな感情の襞に気づくことがない。声をあげることを知らない彼らはただ夏草の露にぬれて息を殺している。

　思えば、知らないことだらけだ。夕暮れはあまりに大きいので、気づいたときは春の岬も〈私〉も、海のすべてが茜に染まっている。どこから来たのだ、この空は。水楢の落ち葉に遊ぶ猿たちに笑顔がないのは、やがて来る「冬」を誰よりも早く知っていたからだろう。それはいつ終わるとも知れぬ長くて深い冬である。

歩きつつ大切なことは言はぬこと立ち止まり
し時秋は満ちをり
亡き母に言ひそびれたる言葉あり呟きながら
石段上がる
ほんたうに言ひたいことを言へないまま枯葉
のやうに散るのはよさう

　どれも語られなかった言葉たちである。歩きながら語らなかった大切なことも、母に言いそびれたひと言も、本当に言いたかったことも、言葉を与えられなかったこころは誰にも届かずに草の露を纏っていただろう。でも、私たちは知ってる。本当の祈りや忿りや感謝は決して言葉には表せない何ものかであることを。そうと知りつつ、誰にも知られず「枯葉のやうに散るのはよさう」と私も思うのだ。

邪を憎む心無ければこののちの日本に何も始まりはしない
今朝われは奪衣婆となり母の下着剝ぎ取り着替へさせ病院に行く

しかし、一行目で伝田さんと私は微妙にすれ違う。邪を憎む心こそが新しい価値を生むのだ、と言っているように私には読めてしまう。世俗に跋扈する邪悪なるものを一掃したとき、そこにひとすじの新たな光明は射すか。おそらく自らの裡に芽ばえた邪をも憎むのだろう。その邪心がもうひとりの〈私〉であると気づいたとき、それは〈私〉の死である。母に抱かれた嬰児の微笑みの中にすら邪は棲んでいる。歴史のなかで敗者は邪として退けられた。邪にあらざるものの正義を私は簡単に信ずることができない。邪とはなにか。その問いの大きさが読者である私を戸惑わせる。

二首目は好きな歌だ。この身も蓋もない日常のなかに生きるということの大切さが、それを支えるものの愛の深さがあるように思う。愛とは花のような美しさではなく、こうした奪衣婆のあられもなさにこそある。愛とは花ではなくそれを育てる土の温かさであると言ってもよい。おそらく伝田幸子はこうしてひとりの母と向き合い、ひとつの命を看取ったのだろう。この看尽しても看尽くし切れなかった思いは深い。

鉄線の濃き紫の花いくつ母に告げつつ車椅子押す

（「えとる」二〇一八年第37号）

伝田幸子歌集　　現代短歌文庫第152回配本

2020年 9 月26日　初版発行

著　者　伝　田　幸　子
発行者　田　村　雅　之
発行所　砂 子 屋 書 房

〒101-0047 東京都千代田区内神田3-4-7
電話　03－3256－4708
Fax　03－3256－4707
振替　00130－2－97631
http://www.sunagoya.com

装本・三嶋典東　　落丁本・乱丁本はお取替いたします

現代短歌文庫

（　）は解説文の筆者

①三枝浩樹歌集
『朝の歌』全篇

②佐藤通雅歌集（細井剛）
『薄明の谷』全篇

③高野公彦歌集（河野裕子・坂井修一）
『汽水の光』全篇

④三枝昻之歌集（山中智恵子・小高賢）
『水の覇権』全篇

⑤阿木津英歌集（笠原伸夫・岡井隆）
『紫木蓮まで・風舌』全篇

⑥伊藤一彦歌集（塚本邦雄・岩田正）
『瞑鳥記』全篇

⑦小池光歌集（大辻隆弘・川野里子）
『バルサの翼』『廃駅』全篇

⑧石田比呂志歌集（玉城徹・岡井隆他）
『無用の歌』全篇

⑨永田和宏歌集（高安国世・吉川宏志）
『メビウスの地平』全篇

⑩河野裕子歌集（馬場あき子・坪内稔典他）
『森のやうに獣のやうに』『ひるがほ』全篇

⑪大島史洋歌集（田中佳宏・岡井隆）
『藍を走るべし』全篇

⑫雨宮雅子歌集（春日井建・田村雅之他）
『悲神』全篇

⑬稲葉京子歌集（松永伍一・水原紫苑）
『ガラスの檻』全篇

⑭時田則雄歌集（大金義昭・大塚陽子）
『北方論』全篇

⑮蒔田さくら子歌集（後藤直二・中地俊夫）
『森見ゆる窓』全篇

⑯大塚陽子歌集（伊藤一彦・菱川善夫）
『遠花火』『酔芙蓉』全篇

⑰百々登美子歌集（桶谷秀昭・原田禹雄）
『盲目木馬』全篇

⑱岡井隆歌集（加藤治郎・山田富士郎他）
『鷲卵亭』『人生の視える場所』全篇

⑲玉井清弘歌集（小高賢）
『久露』全篇

⑳小高賢歌集（馬場あき子・日高堯子他）
『耳の伝説』『家長』全篇

㉑佐竹彌生歌集（安永蕗子・馬場あき子他）
『天の螢』全篇

㉒太田一郎歌集（いいだもも・佐伯裕子他）
『墳』『蝕』『獵』全篇

現代短歌文庫

（　）は解説文の筆者

㉓春日真木子歌集（北沢郁子・田井安曇他）
『野菜涅槃図』全篇

㉔道浦母都子歌集（大原富枝・岡井隆）
『無援の抒情』『水憂』『ゆうすげ』全篇

㉕山中智恵子歌集（吉本隆明・塚本邦雄他）
『夢之記』全篇

㉖久々湊盈子歌集（小島ゆかり・樋口覚他）
『黒鍵』全篇

㉗藤原龍一郎歌集（小池光・三枝昻之他）
『夢みる頃を過ぎても』『東京哀傷歌』全篇

㉘花山多佳子歌集（永田和宏・小池光他）
『樹の下の椅子』『楕円の実』全篇

㉙佐伯裕子歌集（阿木津英・三枝昻之他）
『未完の手紙』全篇

㉚島田修三歌集（筒井康隆・塚本邦雄他）
『晴朗悲歌集』全篇

㉛河野愛子歌集（近藤芳美・中川佐和子他）
『黒羅』『夜は流れる』『光ある中に』（抄）他

㉜松坂弘歌集（塚本邦雄・由良琢郎他）
『春の雷鳴』全篇

㉝日高堯子歌集（佐伯裕子・玉井清弘他）
『野の扉』全篇

㉞沖ななも歌集（山下雅人・玉城徹他）
『衣裳哲学』『機知の足首』全篇

㉟続・小池光歌集（河野美砂子・小澤正邦）
『日々の思い出』『草の庭』全篇

㊱続・伊藤一彦歌集（築地正子・渡辺松男）
『青の風土記』『海号の歌』全篇

㊲北沢郁子歌集（森山晴美・富小路禎子）
『その人を知らず』を含む十五歌集抄

㊳栗木京子歌集（馬場あき子・永田和宏他）
『水惑星』『中庭』全篇

㊴外塚喬歌集（吉野昌夫・今井恵子他）
『喬木』全篇

㊵今野寿美歌集（藤井貞和・久々湊盈子他）
『世紀末の桃』全篇

㊶来嶋靖生歌集（篠弘・志垣澄幸他）
『笛』『雷』全篇

㊷三井修歌集（池田はるみ・沢口芙美他）
『砂の詩学』全篇

㊸田井安曇歌集（清水房雄・村永大和他）
『木や旗や魚らの夜に歌った歌』全篇

㊹森山晴美歌集（島田修二・水野昌雄他）
『グレコの唄』全篇

現代短歌文庫

（　）は解説文の筆者

㊺上野久雄歌集（吉川宏志・山田富士郎他）
『夕鮎』抄、『バラ園と鼻』抄他

㊻山本かね子歌集（蒔田さくら子・久々湊盈子他）
『ものどらま』を含む九歌集抄

㊼松平盟子歌集（米川千嘉子・坪内稔典他）
『青夜』『シュガー』全篇

㊽大辻隆弘歌集（小林久美子・中山明他）
『水廊』『抱擁韻』全篇

㊾秋山佐和子歌集（外塚喬・一ノ関忠人他）
『羊皮紙の花』全篇

㊿西勝洋一歌集（藤原龍一郎・大塚陽子他）
『コクトーの声』全篇

51青井史歌集（小高賢・玉井清弘他）
『月の食卓』全篇

52加藤治郎歌集（永田和宏・米川千嘉子他）
『昏睡のパラダイス』『ハレアカラ』全篇

53秋葉四郎歌集（今西幹一・香川哲三）
『極光―オーロラ』全篇

54奥村晃作歌集（穂村弘・小池光他）
『鴇色の足』全篇

55春日井建歌集（佐佐木幸綱・浅井愼平他）
『友の書』全篇

56小中英之歌集（岡井隆・山中智恵子他）
『わがからんどりえ』『翼鏡』全篇

57山田富士郎歌集（島田幸典・小池光他）
『アビー・ロードを夢みて』『羚羊譚』全篇

58続・永田和宏歌集（岡井隆・河野裕子他）
『華氏』『饗庭』全篇

59坂井修一歌集（伊藤一彦・谷岡亜紀他）
『群青層』『スピリチュアル』全篇

60尾崎左永子歌集（伊藤一彦・栗木京子他）
『彩紅帖』全篇『さるびあ街』（抄）他

61続・尾崎左永子歌集（篠弘・大辻隆弘他）
『春雪ふたたび』『星座空間』全篇

62続・花山多佳子歌集（なみの亜子）
『草舟』『空合』全篇

63山埜井喜美枝歌集（菱川善夫・花山多佳子他）
『はらりさん』全篇

64久我田鶴子歌集（高野公彦・小守有里他）
『転生前夜』全篇

65続々・小池光歌集
『時のめぐりに』『滴滴集』全篇

66田谷鋭歌集（安立スハル・宮英子他）
『水晶の座』全篇

現代短歌文庫

（　）は解説文の筆者

⑥⑦今井恵子歌集（佐伯裕子・内藤明他）
『分散和音』全篇

⑥⑧続・時田則雄歌集（栗木京子・大金義昭）
『夢のつづき』『ペルシュロン』全篇

⑥⑨辺見じゅん歌集（馬場あき子・飯田龍太他）
『水祭りの桟橋』『闇の祝祭』全篇

⑦⓪続・河野裕子歌集
『家』全篇、『体力』『歩く』抄

⑦①続・石田比呂志歌集
『孑孑』『忘八』『涙壺』『老猿』『春灯』抄

⑦②志垣澄幸歌集（佐藤通雅・佐佐木幸綱）
『空壘のある風景』全篇

⑦③古谷智子歌集（来嶋靖生・小高賢他）
『神の痛みの神学のオブリガード』全篇

⑦④大河原惇行歌集（田井安曇・玉城徹他）
未刊歌集『昼の花火』全篇

⑦⑤前川緑歌集（保田與重郎）
『みどり抄』全篇、『麥穂』抄

⑦⑥小柳素子歌集（来嶋靖生・小高賢他）
『獅子の眼』全篇

⑦⑦浜名理香歌集（小池光・河野裕子）
『月兎』全篇

⑦⑧五所美子歌集（北尾勲・島田幸典他）
『天姥』全篇

⑦⑨沢口芙美歌集（武川忠一・鈴木竹志他）
『フェベ』全篇

⑧⓪中川佐和子歌集（内藤明・藤原龍一郎他）
『霧笛橋』全篇

⑧①斎藤すみ子歌集（菱川善夫・今野寿美他）
『遊楽』全篇

⑧②長澤ちづ歌集（大島史洋・須藤若江他）
『海の角笛』全篇

⑧③池本一郎歌集（森山晴美・花山多佳子）
『未明の翼』全篇

⑧④小林幸子歌集（小中英之・小池光他）
『枇杷のひかり』全篇

⑧⑤佐波洋子歌集（馬場あき子・小池光他）
『光をわけて』全篇

⑧⑥続・三枝浩樹歌集（雨宮雅子・里見佳保他）
『みどりの揺籃』『歩行者』全篇

⑧⑦続・久々湊盈子歌集（小林幸子・吉川宏志他）
『あらばしり』『鬼龍子』全篇

⑧⑧千々和久幸歌集（山本哲也・後藤直二他）
『火時計』全篇

現代短歌文庫

（　）は解説文の筆者

89 田村広志歌集（渡辺幸一・前登志夫他）
『島山』全篇

90 入野早代子歌集（春日井建・栗木京子他）
『花凪』全篇

91 米川千嘉子歌集（日高堯子・川野里子他）
『夏空の櫂』『一夏』全篇

92 続・米川千嘉子歌集（栗木京子・馬場あき子他）
『たましひに着る服なくて』『一葉の井戸』全篇

93 桑原正紀歌集（吉川宏志・木畑紀子他）
『妻へ。千年待たむ』全篇

94 稲葉峯子歌集（岡井隆・美濃和哥他）
『杉並まで』全篇

95 松平修文歌集（小池光・加藤英彦他）
『水村』全篇

96 米口實歌集（大辻隆弘・中津昌子他）
『ソシュールの春』全篇

97 落合けい子歌集（栗木京子・香川ヒサ他）
『じゃがいもの歌』全篇

98 上村典子歌集（武川忠一・小池光他）
『草上のカヌー』全篇

99 三井ゆき歌集（山田富士郎・遠山景一他）
『能登往還』全篇

100 佐佐木幸綱歌集（伊藤一彦・谷岡亜紀他）
『アニマ』全篇

101 西村美佐子歌集（坂野信彦・黒瀬珂瀾他）
『猫の舌』全篇

102 綾部光芳歌集（小池光・大西民子他）
『水晶の馬』『希望園』全篇

103 金子貞雄歌集（津川洋三・大河原惇行他）
『邑城の歌が聞こえる』全篇

104 続・藤原龍一郎歌集（栗木京子・香川ヒサ他）
『嘆きの花園』『19××』全篇

105 遠役らく子歌集（中野菊夫・水野昌雄他）
『白馬』全篇

106 小黒世茂歌集（山中智恵子・古橋信孝他）
『猿女』全篇

107 光本恵子歌集（疋田和男・水野昌雄）
『薄氷』全篇

108 雁部貞夫歌集（堺桜子・本多稜）
『崑崙行』抄

109 中根誠歌集（来嶋靖生・大島史洋雄他）
『境界』全篇

110 小島ゆかり歌集（山下雅人・坂井修一他）
『希望』全篇

現代短歌文庫

（　）は解説文の筆者

111 木村雅子歌集（来嶋靖生・小島ゆかり他）
『星のかけら』全篇

112 藤井常世歌集（菱川善夫・森山晴美他）
『氷の貌』全篇

113 続々・河野裕子歌集
『季の栞』『庭』全篇

114 大野道夫歌集（佐佐木幸綱・田中綾他）
『春吾秋蟬』全篇

115 池田はるみ歌集（岡井隆・林和清他）
『妣が国大阪』全篇

116 続・三井修歌集（中津昌子・柳宣宏他）
『風紋の島』全篇

117 王紅花歌集（福島泰樹・加藤英彦他）
『夏暦』全篇

118 春日いづみ歌集（三枝昂之・栗木京子他）
『アダムの肌色』全篇

119 桜井登世子歌集（小高賢・小池光他）
『夏の落葉』全篇

120 小見山輝歌集（山田富士郎・渡辺護他）
『春傷歌』全篇

121 源陽子歌集（小池光・黒木三千代他）
『透過光線』全篇

122 中野昭子歌集（花山多佳子・香川ヒサ他）
『草の海』全篇

123 有沢螢歌集（小池光・斉藤斎藤他）
『ありすの杜へ』全篇

124 森岡貞香歌集
『白蛾』『珊瑚數珠』『百乳文』全篇

125 桜川冴子歌集（小島ゆかり・栗木京子他）
『月人壮子』全篇

126 柴田典昭歌集（小笠原和幸・井野佐登他）
『樹下逍遙』全篇

127 続・森岡貞香歌集
『黛樹』『夏至』『敷妙』全篇

128 角倉羊子歌集（小池光・小島ゆかり）
『テレマンの笛』全篇

129 前川佐重郎歌集（喜多弘樹・松平修文他）
『彗星紀』全篇

130 続・坂井修一歌集（栗木京子・内藤明他）
『ラビュリントスの日々』『ジャックの種子』全篇

131 新選・小池光歌集
『静物』『山鳩集』全篇

132 尾崎まゆみ歌集（馬場あき子・岡井隆他）
『微熱海域』『真珠鎖骨』全篇

現代短歌文庫

（　）は解説文の筆者

⑬③続々・花山多佳子歌集（小池光・澤村斉美）
『春疾風』『木香薔薇』全篇
⑬④続・春日真木子歌集（渡辺松男・三枝昻之他）
『水の夢』全篇
⑬⑤吉川宏志歌集（小池光・永田和宏他）
『夜光』『海雨』全篇
⑬⑥岩田記未子歌集（安田章生・長沢美津他）
『日月の譜』を含む七歌集抄
⑬⑦糸川雅子歌集（武川忠一・内藤明他）
『水螢』全篇
⑬⑧梶原さい子歌集（清水哲男・花山多佳子他）
『リアス／椿』全篇
⑬⑨前田康子歌集（河野裕子・松村由利子他）
『色水』全篇
⑭⓪内藤明歌集（坂井修一・山田富士郎他）
『海界の雲』『斧と勾玉』全篇
⑭①続・内藤明歌集（島田修三・三枝浩樹他）
『夾竹桃と葱坊主』『虚空の橋』全篇
⑭②小川佳世子歌集（岡井隆・大口玲子他）
『ゆきふる』全篇
⑭③髙橋みずほ歌集（針生一郎・東郷雄二他）
『フルヘッヘンド』全篇
⑭④恒成美代子歌集（大辻隆弘・久々湊盈子他）
『ひかり凪』全篇
⑭⑤続・道浦母都子歌集（新海あぐり）
『風の婚』全篇
⑭⑥小西久二郎歌集（香川進・玉城徹他）
『湖に墓標を』全篇
⑭⑦林和清歌集（岩尾淳子・大森静佳他）
『木に縁りて魚を求めよ』全篇
⑭⑧続・中川佐和子歌集（日高堯子・酒井佐忠他）
『春の野に鏡を置けば』『花桃の木だから』全篇
⑭⑨谷岡亜紀歌集（佐佐木幸綱・菱川善夫他）
『臨界』抄、『闇市』抄、他
⑮⓪前川斎子歌集（江田浩司・渡英子他）
『斎庭』『逆髪』全篇
⑮①石井辰彦歌集
『七竈』『墓』『バスハウス』全篇、他

（以下続刊）

水原紫苑歌集　　篠弘歌集
馬場あき子歌集　　黒木三千代歌集